존 던의 거룩한 시편

존 던의 거룩한 시편

2001년 10월 30일 1판 1쇄 발행 / 2006년 12월 20일 1판 2쇄 발행
2025년 6월 5일 2판 1쇄 발행

지은이 존 던 / 편역자 김선향 / 펴낸이 임은주
펴낸곳 도서출판 청동거울 / 출판등록 1998년 5월 14일 제2023-000034호
주소 (12284) 경기도 남양주시 다산지금로 202 (현대테라타워DIMC) B동 317호
전화 031)560-9810 / 팩스 031)560-9811
전자우편 treefrog2003@hanmail.net / 네이버블로그_청동거울출판사

편집 조은정 / 북디자인 우성남, 서강

ISBN 978-89-5749-240-6

존 던(John Donne, 1572~1631)

존 던의 거룩한 시편

김선향 편역

17세기 영국 시의 거장 존 던(John Donne)의 사랑을 주제로 한 『연가』(*The Songs and Sonnets*)를 번역하고 해설하여 출판한 지 3년이 흘렀다. 이번에는 시인인 동시에 또한 성공회 신부였던 던의 종교시 『거룩한 시편』(*Divine Poems*)을 번역하여 소개하고자 한다.

21세기의 초입에 서서 몇백 년 전 시인의 종교적 명상을 감상해 보는 것은 특별한 경험이 되리라 생각한다. 더욱이 던은 종교시를 쓸 때에도 사랑의 시를 쓰듯이 그 기지와 논리를 '연가수법'으로 접근한 것이 많아서 현대적 감성에 밀착할 수 있으리라 여겨진다.

특히 종교적 명상을 예수 그리스도의 탄생에서 고난과 부활 승천까지의 생애로부터 시작하여, 시인 자신의 청춘의 방황에서 다시 신앙에 도달하여 구원을 소망하는 심정을 다양하게 피력하고 있다. 또한 교회, 성직자, 그리고 일반인들의 기도의 진정한 의미를 사색하게 하기도 한다.

해마다 돌아오는 성탄절에 즈음하여 던의 『거룩한 시편』을 통해서 성탄이 인류에게 주는 의미를 되새겨보는 기회가 되었으면 한다. 종교적 명상에서 완성과 무한의 상징은 주로 '원형'으로 표현된다. 그리스도가 인간으로서 그의 시작과 끝이 하나로 만나는 날(「성 수태 고지와 수난이 겹쳐진 1608년

어느 날」)에 '시작에 종말이 있다'는 의미를, 던은 지구본 위의 '지도에서 가
장 먼 서쪽은 동쪽'이라 비유하고 있다. 성탄이 인간에게 준 기쁨, '사랑'을
인류가 완전하게 깨닫게 되는 날은 언제일까 의문해 본다.

교본은 스미스(A.J. Smith)의 『존 던의 시전집』(*John Donne, The Complete
English Poems*)과 클리멘츠(Arthur L. Clements)의 『존 던의 시』(*John Donne's
Poetry*)가 현대영어에 가깝다고 판단되어 사용하였으나, 순서는 허버트 그
리어슨 경(Sir Herbert Grierson)의 것(*Donne, Poetical Works*)을 참조하였다. 한
줄, 한 줄 영시 원본에 충실하려고 애쓴 번역이었으나 번역의 한계를 초월
하긴 어려웠다. 부족한 대로 던을 알고자 하는 영문학도들과 일반 독자들
에게 도움이 되기를 바라는 마음이다.

끝으로 출판을 도와주신 청동거울 사장님을 비롯하여 편집부 여러분께
깊이 감사드린다.

청담동에서
2001년 10월
김선향

CONTENTS

차 례

·

존 던의 거룩한 시편

Holy Sonnets

1. *La Corona*

Deign at my hands this crown of prayer and praise,
Weaved in my low devout melancholy,
Thou which of good, hast, yea art treasury,
All changing unchanged Ancient of days,
But do not, with a vile crown of frail bays,
Reward my muse's white sincerity,
But what thy thorny crown gained, that give me,
A crown of glory, which doth flower always;
The ends crown our works, but thou crown'st our ends,

거룩한 소넷

1. 화관[1]

제 손에 기도와 찬미의 이 왕관[2]을 허락해 주소서,

저의 미천하고 경건한 마음으로 짜여진 것을,

선함이신 당신은, 진실로, 보배이시니,

만물은 변함없이 옛부터 항상 계신 이[3]를, 바꾸고 있는데,

그러나, 하찮은 연약한 월계관[4]으로

저의 시혼의 순수한 진심을 보상하지 마시고,

당신의 가시 면류관이 얻은 것을 제게 주소서,

항상 꽃피는 영광의 면류관을;

목적이 우리 과업을 완수하지만, 당신께서 우리 목적을 이루십니다,

---

1 이사야서 28장에는 '교만의 면류관'('crown of pride')과 그 아름다움이 '시들은 꽃'('fading flower')은 발에 밟히고, '영광의 면류관'('crown of glory')과 '아름다운 화관'('diadem of beauty')으로 주께서 의로운 자에게 보상하실 것으로 대조되어 있다(Smith 620).

2 소넷(14행 시) 형식의 연속이 마지막 끝 줄을 다음 시의 시작 줄로 연결지으며, 또한 처음 시작한 곳에서 끝나게 할 때 완전한 원형으로 '화관'('crown')의 상징이 된다. '제 손에 기도와 찬미의 이 왕관을 허락해 주소서'는 '화관'의 첫 줄이며 일곱 번째 소넷 '승천'의 마지막 줄로 반복되어 있다.

3 다니엘서에서 하느님을 묘사한 말, "옛적부터 항상 계신 이('the Ancient of Days')." "내가 보았는데 왕좌가 놓이고 옛적부터 항상 계신 이가 좌정하셨는데 그 옷은 희기가 눈 같고 그 머리털은 깨끗한 양의 털 같고……"(다니엘 7장 9절). 영원하신 하느님의 존재와 그의 아들이 인간으로 변화함을 이르는 말.

4 시인이나 군인의 영광을 찬양하기 위해서 전통적으로 사용되었던 월계수 잎새로 엮은 관.

For, at our end begins our endless rest,
This first last end, now zealously possessed,
With a strong sober thirst, my soul attends.
'Tis time that heart and voice be lifted high,
Salvation to all that will is nigh.

왜냐하면, 우리 마지막에 우리의 끝없는 휴식이 시작되기에,
이 시작인 종말은,[5] 이제 열정적으로 사로잡혀,
강하고 진지한 갈증으로, 제 영혼을 살핍니다.
마음과 음성이 드높이 올려질 때입니다,
뜻이 가까이 있는 모든 이에게 구원을.

---

5 처음이자 끝인 구세주; "나는 알파와 오메가라, 이제도 있고 전에도 있었고 장차 올 자요 전
  능한 자라("I am the Alpha and the Omega, the First and the Last…")"(요한계시록 1장 11
  절).

2. *Annunciation*

Salvation to all that will is nigh,
That all, which always is all everywhere,
Which cannot sin, and yet all sins must bear,
Which cannot die, yet cannot choose but die,
Lo, faithful Virgin, yields Himself to lie
In prison, in thy womb; and though he there
Can take no sin, nor thou give, yet he 'will wear
Taken from thence, flesh, which death's force may try.
Ere by the spheres time was created, thou
Wast in his mind, who is thy son, and brother,
Whom thou conceiv'st, conceived; yea thou art now
Thy maker's maker, and thy father's mother,
Thou' hast light in dark; and shutt'st in little room,
Immensity, cloistered in thy dear womb.

2. 성 수태 고지(聖受胎告知)[1]

뜻이 가까이 있는 모든 이에게 구원을,

만물이, 있는 도처에 항상 온전한 이가 계시어,

죄를 지을 수 없지만, 그럼에도 모든 죄를 짊어져야만 하니,

죽을 수 없으나, 또한 죽기를 택할 수밖에 없습니다,

보십시오, 충실하신 성모여, 그 자신을 굴복시켜

감옥 속에 누우시고, 당신의 자궁 속에서; 그가 그 곳에서

죄를 취할 수는 없지만, 당신께서 줄 수도 없지만, 그러나 그는

죽음의 힘이 지배하려는 육신을 거기서부터 취하여 입을 것입니다.

천체로 인하여 시간이 창조되기 이전에,[2] 당신은

당신의 아들이고, 형제인, 그의 마음 속에 계셨고,

당신이 알고 계셨던 이를, 잉태하셨습니다; 진실로 당신은 이제

당신 창조주의 창조자이시고, 또한 당신 아버지의 어머니이십니다.[3]

당신은 어둠 속에 빛을 가지셨고; 그리고 작은 방 속에 가두셨습니다,

무한을 당신의 사랑스런 자궁 속에 은거케 하셨습니다.

---

1 천사 가브리엘이 마리아에게 아들을 잉태할 것을 알림(누가복음 1장 26~35절).

2 아리스토텔레스를 위시한 고대 천문학자들은 시간은 천체의 움직임의 결과로 보았다 (Smith 621).

3 삼위일체의 개념을 바탕으로, 성모의 아들은 하느님의 아들이고, 성부는 곧 성자이다. 또한 모든 인간은 하느님의 자손이니 성모는 그리스도의 형제가 되기도 하고, 또한 성부의 어머니가 되기도 한다.

3. *Nativity*

Immensity, cloistered in thy dear womb,
Now leaves his well-beloved imprisonment,
There he hath made himself to his intent
Weak enough, now into our world to come;
But oh, for thee, for him, hath th' inn no room?
Yet lay him in this stall, and from the orient,
Stars, and wisemen will travel to prevent
Th' effects of Herod's jealous general doom.
See'st thou, my soul, with thy faith's eyes, how he
Which fills all place, yet none holds him, doth lie?
Was not his pity towards thee wondrous high,
That would have need to be pitied by thee?
Kiss him, and with him into Egypt go,
With his kind mother, who partakes thy woe.

3. 탄생

무한을 당신의 사랑스런 자궁 속에 은거케 하셨습니다,

이제 그가 매우 사랑하던 감옥을 떠나,

그 곳에서 그는 그의 뜻에 따라 자신을

충분히 연약하게 만들어, 지금 우리 세상 속으로 왔습니다;

그러나, 아 그 여관에는 당신과 그를 위한 방이 없단 말입니까?[1]

그래도 이 마굿간에 그를 누이시오, 그러면 동방으로부터,

별들과 박사들이 찾아올 것입니다

헤롯왕의 시샘하는 대학살의[2] 영향을 예방하려고.

당신의 믿음의 눈으로, 내 영혼이, 당신을 봅니다. 어찌

모든 곳을 채우는 그가, 아무도 안아 주지 않아도, 누워 있는지를?

당신을 향한 그의 연민이 놀랄만큼 높지 않았다면,

당신에 의해 동정받을 필요가 있었겠습니까?

그에게 입맞추어 주고, 그와 함께 이집트로 가시오,

당신의 고통을 함께 나누시는, 그의 온유하신 어머니와 함께.

---

1 예수를 낳은 마리아와 요셉이 거할 여관을 찾았으나 있을 곳이 없어서 아기를 구유에 눕히게 된 것(누가복음 2장 7절).
2 헤롯이 베들레헴 지역에 있는 2살 아래 사내아이들을 죽일 때 주의 천사가 요셉의 꿈에 나타나 애굽으로 피신하라 이른다(마태복음 2장 12~16절).

4. *Temple*

With his kind mother, who partakes thy woe,
Joseph turn back; see where your child doth sit,
Blowing, yea blowing out those sparks of wit,
Which himself on the Doctors did bestow;
The Word but lately could not speak, and lo
It suddenly speaks wonders, whence comes it,
That all which was, and all which should be writ,
A shallow seeming child should deeply know?
His godhead was not soul to his manhood,
Nor had time mellowed him to this ripeness,
But as for one which hath a long task, 'tis good,

4. 성전

당신의 고통을 함께 나누시는 그의 온유하신 어머니와 함께,
요셉, 돌아보시오; 당신의 아이가 어디에 앉아 있는지를,
불면서, 기지의 불꽃을 불어 끄면서,[1]
실로 그 자신이 그 박사들에게 주었던 것을;
그 말씀은[2] 최근에 한 것이 아니요, 그러니 보시오
이는 갑자기 기적을 말함입니다, 어디서 오는 것이겠습니까,
과거에도 있었고, 그리고 쓰여졌던 모든 것을,
어리숙하게 보이는 아이가 깊이 알 수 있겠습니까?
그의 신성(神聖)은 그의 인성(人性)에게 주어진 영혼은 아니었습니다,[3]
아니 시간도 그를 이렇게 성숙하게 한 것은 아니었습니다,
하지만 오랜 과업을 가진 이에겐 좋은 일입니다,

---

1 예수가 12살 되던 해 예루살렘 성전에 들어가 문답할 때, 그의 특별한 지혜로 선생들을 놀라게 해서 첫 번째로 그의 능력을 보여주었던 사건을 암시한다(누가복음 2장 41~52절).
2 하느님의 아들, 예수 그리스도를 가리킨 말. "태초에 말씀이 계시니라, 이 말씀이 하느님과 함께 계셨으니 이 말씀은 곧 하느님이시니라⋯⋯"(요한복음 1장 1~31절). 랜세럿 앤드류스(Lancelot Andrews)가 1618년 성탄절 설교에서 한 말로 '말 없는 말씀; 말로 할 수 없는 영원한 말씀'(Smith 622).
3 그리스도는 육신을 입었으나 인간 육체를 가진 신이 아니라 인간 영혼으로서 기적을 행할 수 있는 하느님과 같은 능력을 지녔다.

With the sun to begin his business,

He in his age's morning thus began

By miracles exceeding power of man.

태양[4]과 함께 그의 일을 시작하는 것이,
그의 시대의 아침에 그는 이렇게 시작했습니다
인간의 힘을 초월하는 기적들로서.

---

4 '태양'('sun')은 '아들'('son')과 동음이의어로 동일시되고 있다.

5. *Crucifying*

By miracles exceeding power of man,
He faith in some, envy in some begat,
For, what weak spirits admire, ambitious hate;
In both affections many to him ran,
But oh! the worst are most, they will and can,
Alas, and do, unto the immaculate,
Whose creature Fate is, now prescribe a fate,
Measuring self-life's infinity to a span,
Nay to an inch. Lo, where condemned he
Bears his own cross, with pain, yet by and by
When it bears him, he must bear more and die.
Now thou art lifted up, draw me to thee,
And at thy death giving such liberal dole,
Moist, with one drop of thy blood, my dry soul.

5. 십자가에 못박히심

인간의 힘을 초월하는 기적들로서,

그는 어떤 이에겐 믿음을, 어떤 이에겐 질시를 낳게 했습니다,

마음이 가난한 자[1]가 찬미하는 것을 야심 있는 자가 증오하는 까닭입니다;

두 마음[2] 속에서 많은 이들이 그에게로 달려갔습니다,

그러나, 아, 악한 자들이 대부분이어서, 그들은 속일 것이고, 또 속일 수 있고,

슬프게도, 죄 없는 이[3]에게 또 속입니다,

죄 없는 이의 피조물이 운명이고, 이제 한 운명을 명하여,

자신의 생명의 무한함을 한 뼘[4]으로,

아니 한 치도 못 되게 측정하였습니다. 보시오, 저주받은 곳에서 그가

그 자신의 십자가를 지고, 고통으로, 그러나 차츰

십자가가 그를 짊어질 때, 그는 더 많이 짊어지고 죽어야만 하리다.

이제 당신은 일어나셨으니, 저를 당신에게로 이끌어 주시고,[5]

그리고 당신의 죽음에 마음대로 슬픔을 나타내시어,

적셔 주소서, 당신의 피 한 방울로, 저의 메마른 영혼을.

---

1 "마음이 가난한 자는 복이 있나니 천국이 저희 것임이요"(마태복음 5장 3절).
2 마음이 가난한 자와 야심 있는 자의 두 마음.
3 죄 없이 순결한 그리스도.
4 무한의 존재를 제한된 수치로 재었다.
5 "내가 땅에서 들리면, 모든 사람을 내게로 이끌겠노라"(요한복음 12장 32절).

6. *Resurrection*

Moist with one drop of thy blood, my dry soul
Shall (though she now be in extreme degree
Too stony hard, and yet too fleshly,) be
Freed by that drop, from being starved, hard, or foul,
And life, by this death abled, shall control
Death, whom thy death slew; nor shall to me
Fear of first or last death, bring misery,
If in thy little book my name thou enrol,
Flesh in that long sleep is not putrefied,
But made that there, of which, and for which 'twas;
Nor can by other means be glorified.
May then sin's sleep and death soon from me pass,
That waked from both, I again risen may
Salute the last, and everlasting day.

6. 부활

적셔 주소서 당신의 피 한 방울로, 저의 메마른 영혼을

제 영혼은 (비록 지금 극도로

돌처럼 너무나 굳어 있고, 아직도 너무나 육신적이나,)

그 한 방울로 굶주리고, 험하거나 더러운 것에서 자유로워지리다,

그리고 생명이, 이 죽음으로 가능해져서, 제어케 하소서

당신의 죽음이 멸하신 죽음을; 또한 저에게

처음이자 마지막 죽음이 가져올 고통을 두려워 말게 하소서,

만약 당신의 작은 책자[1]에 제 이름을 당신께서 올리신다면,

육신은 그 오랜 잠 속에서 썩지 않고,

육신이 만들어졌던 것으로, 또 만들어졌던 대로[2] 거기 있으리이다;

다른 방법으로 영광스럽게 될 수 없으리요.

그 때 죄의 잠과 죽음의 잠이 곧 저를 지나쳐 가서,

그 둘로부터 깨어나, 제가 다시 일어나서

최후이자, 영원한 날을 맞이하게 하소서.

---

1 "이기는 자는 이와 같이 흰 옷을 입을 것이요 내가 그 이름을 생명책에서 반드시 흐리지 아니하고 그 이름을 내 아버지 앞과 그 천사들 앞에서 시인하리라"(요한계시록 3장 5절); 모든 이의 행위가 적혀 있는 생명책.
2 육신은 처음 만들어졌던 흙으로 돌아가고; 인간이 최초로 창조되었던 영원불멸성을 가지게 된다(Smith 623).

7. *Ascension*

Salute the last and everlasting day,
Joy at the uprising of this sun, and son,
Ye whose true tears, or tribulation
Have purely washed, or burnt your drossy clay;
Behold the highest, parting hence away,
Lightens the dark clouds, which he treads upon,
Nor doth he by ascending, show alone,
But first he, and he first enters the way.
O strong ram, which hast battered heaven for me,
Mild lamb, which with thy blood hast marked the path;
Bright torch, which shin'st, that I the way may see,
Oh, with thy own blood quench thine own just wrath,
And if thy holy Spirit, my Muse did raise,
Deign at my hands this crown of prayer and praise.

7. 승천

최후이자 영원한 날을 맞이하게 하소서,
이 태양과 독생자[1]의 떠오름을 기뻐하시오,
온당한 눈물이나 시련을 겪은 이들은
그대들의 더러운 육신을 깨끗이 씻거나 태웠습니다;
가장 높은 곳을 보시오, 이 세상을 떠나시며,
그가 밟고 계신 어두운 구름을 밝히시며,
그가 승천하심으로써 혼자만 보여주심이 아니라,
최초로 그가, 그리고 그가 맨 먼저[2] 그 길을 들어가시는 것입니다.
오 강건한 숫양이여, 저를 위하여 천국을 두드리셨고,
온유한 양이여, 당신의 피로 그 길을 표시하셨습니다;
밝은 횃불이, 빛을 발하여, 제가 그 길을 볼 수 있고,
아, 당신 자신의 피로 당신 자신의 온당한 분노를 끄시고,
그리고 당신의 성령, 저의 시신(詩神)이 불러일으킨다면,
제 손에 기도와 찬미의 이 왕관을 허락해 주소서.

---

1 "그 때에 의인들은 자기 아버지 나라에서 해와 같이 빛나리라⋯⋯"(마태복음 13장 43절).
던은 반복적으로 우주에서 생명의 근원인 태양과 독생자의 동일성을 동음이의어로 사용하
고 있다(「미완의 승천」 4~8줄, 「아버지 하느님께 바치는 성가」 15~16줄 참조)(Smith 623).
2 그는 우리를 위하여 그 길을 인도하시고, 그 길을 여는 첫 분이시다.

Holy Sonnets

I

Thou hast made me, and shall thy work decay?
Repair me now, for now mine end doth haste,
I run to death, and death meets me as fast,
And all my pleasures are like yesterday,
I dare not move my dim eyes any way,
Despair behind, and death before doth cast
Such terror, and my feeble flesh doth waste
By sin in it, which it towards hell doth weigh;
Only thou art above, and when towards thee
By thy leave I can look, I rise again;
But our old subtle foe so tempteth me,
That not one hour I can myself sustain;
Thy Grace may wing me to prevent his art,
And thou like adamant draw mine iron heart.

거룩한 소넷

I

당신께서 저를 만드셨는데, 당신의 작품이 부패하겠습니까?
저를 이제 고쳐 주소서, 지금 저의 종말이 재촉하기 때문입니다,
저는 죽음을 향해 달려가고, 죽음도 저를 급히 만나려 합니다,
그리고 저의 모든 쾌락은 어제와 같기에,
저는 감히 저의 흐릿한 눈을 어느 쪽으로도 움직이지 못합니다,
절망은 뒤에서 그리고 죽음은 앞에서
이런 공포를 던지고, 저의 연약한 육신은 쇠하여 가고
그 속의 죄로 인해, 지옥을 향해 기울어집니다;
오로지 당신만이 위에 계시고, 그리고 당신을 향해
당신의 허락으로 제가 볼 수 있을 때, 저는 다시 일어납니다;
그러나 오래된 우리의 음흉한 적이 저를 너무나 유혹하여,
한 시간도 저는 자신을 견딜 수가 없습니다;
당신의 은총이 제게 날개를 달아 그의 술책을 막아 주시고,
그리고 당신께서 자석[1]처럼 저의 쇠심장을 끌어당겨 주소서.

---

1 쇠붙이를 끌어당기는 자석처럼 하느님이 시인의 마음('쇠심장')을 끌어당겨 주기를 바란다.

II

As due by many titles I resign
Myself to thee, O God, first I was made
By thee, and for thee, and when I was decayed
Thy blood bought that, the which before was thine,
I am thy son, made with thy self to shine,
Thy servant, whose pains thou hast still repaid,
Thy sheep, thine image, and, till I betrayed
My self, a temple of thy Spirit divine;
Why doth the devil then usurp on me?
Why doth he steal, nay ravish that's thy right?
Except thou rise and for thine own work fight,
Oh I shall soone despair, when I do see
That thou lov'st mankind well, yet wilt not choose me,
And Satan hates me, yet is loth to lose me.

II

마땅히 많은 명칭[1]으로 저는 맡깁니다
제 자신을 당신께, 오 하느님, 처음 저는
당신에 의해, 또한 당신을 위해 만들어졌고, 그리고 제가 타락했을 때
당신의 보혈로 이전에 당신 것이었던 저를 사 주셨습니다,
저는 당신의 아들[2]로, 빛을 발하도록 당신 스스로 만드셨고,
당신의 종으로, 그 종의 고통을 당신은 항상 갚으셨습니다,
당신의 양, 당신의 형상, 그리고, 제가 배반하기까지는
당신의 성스러운 영혼의 성전인, 제 자신을;
그런데 어찌하여 악마는 저를 부당하게 요구하나요?
왜 그는 당신의 권리인 것을 훔치나요, 아니 강탈하나요?
당신께서 일어나서 당신 자신의 과업을 위해 싸우지 않으신다면,
오 저는 곧 절망할 것입니다, 제가 보게 되는 때에는
당신께서 인류를 무척 사랑하시나, 저를 선택하지 않으시고,
또한 사탄이 저를 증오하지만, 저를 잃어버리기 싫어하는 것을.

---

1 법적인 권리.
2 아들('son')과 태양('sun')을 동음이의어로 사용하여 빛을 발하는 태양 같은 아들로 표현함.

III

O might those sighs and tears return again
Into my breast and eyes, which I have spent,
That I might in this holy discontent
Mourn with some fruit, as I have mourned in vain;
In mine Idolatry what showers of rain
Mine eyes did waste! what griefs my heart did rent!
That sufferance was my sin, now I repent;
Because I did suffer I must suffer pain.
Th' hydroptic drunkard, and night-scouting thief,
The itchy lecher, and self tickling proud
Have the remembrance of past joys, for relief
Of coming ills. To poor me is allowed
No ease; for, long, yet vehement grief hath been
The effect and cause, the punishment and sin.

III

오 저 한숨과 눈물이 다시 돌아올지도 모릅니다
제 가슴과 눈 속으로, 제가 낭비했던 것들이,
제가 이 거룩한 불만 속에서
어떤 결실을 맺으며 애도할지도 모르게, 제가 헛되이 애도했듯이;
제 애인을 숭배했을 때 얼마나 많은 눈물을
제 눈이 낭비했던가! 얼마나 많은 슬픔이 제 가슴을 찢었던가!
그 고통은 저의 죄였고, 이제 저는 회개합니다;
제가 괴로워했기에 저는 고통을 견뎌야 했습니다.
수종(水腫)[1]에 걸린 술고래와 밤을 정탐하는 도둑,
몸이 근질근질한 호색가와 스스로 만족하는 거만한 자는
과거의 즐거움을 회상합니다
다가오는 재난에 대한 위안으로. 불쌍한 저에겐 아무런 평안도
허락되지 않습니다; 왜냐하면 오래되었으나 격렬한 슬픔이
결과와 원인, 벌과 죄가 되어 왔기 때문입니다.

---

1 수종(水腫): 아무리 물을 마셔도 갈증이 나는 병.

IV

Oh my black soul! now thou art summoned
By sickness, death's herald, and champion;
Thou art like a pilgrim, which abroad hath done
Treason, and durst not turn to whence he is fled,
Or like a thief, which till death's doom be read,
Wisheth himself delivered from prison;
But damned and haled to execution,
Wisheth that still he might be imprisoned;
Yet grace, if thou repent, thou canst not lack;
But who shall give thee that grace to begin?
Oh make thy self with holy mourning black,
And red with blushing, as thou art with sin;
Or wash thee in Christs blood, which hath this might
That being red, it dyes red souls to white.

IV

오 나의 검은 영혼이여! 이제 그대는 소환되었도다
질병과 죽음의 사자와, 그리고 투사에 의해서;
그대는 방랑자같이, 외국에서 반역죄를
짓고, 감히 도망쳐 나온 곳으로 돌아가지 못하누나,
아니 도둑같이, 죽음의 심판이 읽혀질 때까지,
감옥에서 풀려나기를 바라지만;
그러나 저주를 받아서 형장으로 끌려가게 되면,
여전히 감옥에 갇혀 있기를 바라누나;
하지만 은총은, 그대가 회개한다면, 그대에게도 부족하지 않으리;
그러나 누가 그대에게 시작할 은총을 주겠는가?
오 성스러운 애도로 그대 자신을 검게 만들고,
그대에게 죄가 있으니, 홍조로 붉게 만들라;
아니 예수의 피로 그대를 씻으라, 그 피는
붉으면서[1] 붉은 영혼을 희게 물들이는 힘이 있도다.

---

1 'red'는 제5행의 'read'와 동음이의의 익살로써, 인간의 영혼에 비유될 때는 죄의 색깔이다.

V

I am a little world made cunningly

Of elements, and an angelic sprite,

But black sin hath betrayed to endless night

My world's both parts, and, oh, both parts must die.

You which beyond that heaven which was most high

Have found new spheres, and of new lands can write,

Pour new seas in mine eyes, that so I might

Drown my world with my weeping earnestly,

Or wash it if it must be drowned no more:

But oh it must be burnt; alas the fire

Of lust and envy have burnt it heretofore,

And made it fouler; let their flames retire,

V

나는 하나의 작은 세계[1] 교묘하게

원소들과 천사 같은 정신[2]으로 만들어졌으나,

검은 죄악이 끝없는 밤에 드러내 보였도다

내 세계의 양면을,[3] 그러니, 아, 양면 모두 죽어야 하리.

그대들은[4] 가장 높은 저 하늘 너머

새로운 천체를 발견해서, 새 땅에 대해 쓸 수 있을지니,

내 눈 속에 새로운 바다를[5] 퍼부어 주오, 나로 하여금

진지하게 울며 내 세계를 익사케 할 수 있도록,

아니 더 이상 빠져 죽는 일이 없어야 한다면,[6] 그걸 씻어 주오:

그러나 오 그 세계는 불태워져야 하리;[7] 아 슬프게도

욕정과 질투의 불이 지금까지 그 세계를 불태워 왔으니,

그리고 그 세계를 더욱 더럽혔으니; 그들 불꽃들을 물러가게 하소서,

---

1 르네상스 시대에는 인간은 소우주로 간주되었다.

2 elements and an angelic sprite: 물질과 정신, 물질계의 4원소들(흙, 물, 공기, 불)은 천사같
은 지혜나 영혼과 쌍으로 묶여 있다고 생각되었으며, 이들 원소들은 인간 육체이고 천사의
영혼은 인간 정신이었다.

3 육체와 정신.

4 새로운 발견을 했던 당대의 천문학자들과 탐험가들을 지칭한다.

5 당시에는 천상에도 바다가 있다고 생각했다.

6 노아의 대 홍수 이후에 하느님은 더 이상 홍수로 멸망하는 일이 없을 것임을 약속했다("……
땅을 침몰할 홍수가 다시 있지 아니 하리라." 창세기 9장 11절).

7 세계는 물로 망하던가 불로 망하리라는 두 견해가 있다.

And burn me O Lord, with a fiery zeal
Of thee and thy house, which doth in eating heal.

그리고 저를 태워 주소서, 오 주여, 당신과 당신의 집의
불 같은 열성과 함께, 삼킴으로써 정화시켜 주소서.[8]

---

8 "주의 집을 위하는 열성이 나를 삼키고……"(시편 69편 9절); 주의 집을 위한 불 같은 열의
　로 '죄 많은 나'를 삼키어 다시 정결하게 고쳐 주기를 기원하는 말이다.

VI

This is my play's last scene, here heavens appoint

My pilgrimage's last mile; and my race

Idly, yet quickly run, hath this last pace,

My spans last inch, my minute's latest point,

And gluttonous death, will instantly unjoint

My body, and soul, and I shall sleep a space,

But my'ever-waking part shall see that face,

Whose fear already shakes my every joint:

Then, as my soul, to heaven her first seat, takes flight,

And earth-born body, in the earth shall dwell,

So, fall my sins, that all may have their right,

To where they are bred, and would press me, to hell.

Impute me righteous, thus purged of evil,

For thus I leave the world, the flesh, and devil.

VI

이것은 내 연극의 마지막 장면, 여기서 천국은
나의 순례의 마지막 거리를 정해 준다; 그리고 나의 경주는
헛되이 그러나 빨리 달려서, 이 마지막 걸음을,
내 수명의 마지막 한 올, 내 시간 최후의 점에 발맞춘다,
그리고 탐욕스런 죽음은 당장에 분리하리니
내 육체와 영혼을, 그리고 나는 잠시 잠들리라,
그러나 나의 영원히 깨어 있는 부분[1]은 그 얼굴[2]을 보리니,
그 얼굴의 공포가 벌써 내 모든 관절을 뒤흔드누나:
그때, 내 영혼은, 하늘로 그녀의[3] 첫 자리로, 비상하고,
그리고 땅에서 태어난 육체는, 땅에 거하리라,
그러니, 내 죄들은, 만물이 그들의 권리를 갖도록,
죄들이 잉태한 곳으로 떨어져서, 나를 지옥으로 내리누르리라.
나를 올바르게 탓하여 주소서, 죄악을 씻어내도록,
그래야만 내가 이 세상, 육신, 그리고 악마를 떠날 수 있기에.

---

1 영원불멸의 영혼.
2 최후의 심판날에 진노한 신의 얼굴.
3 영혼은 여성으로 표현함.

VII

At the round earth's imagined corners, blow
Your trumpets, angels, and arise, arise
From death, you numberless infinities
Of souls, and to your scattered bodies go,
All whom the flood did, and fire shall o'erthrow,
All whom war, dearth, age, agues, tyrannies,
Despair, law chance, hath slain, and you whose eyes,
Shall behold God, and never taste death's woe.
But let them sleep, Lord, and me mourn a space,
For, if above all these, my sins abound,
'Tis late to ask abundance of thy grace,

VII

둥근 지구의 가상된 모퉁이에서,[1] 불어라

너희들의 나팔을, 천사들이여, 그리고 일어나라, 일어나라

죽음으로부터, 너희들 무수한 무한한

영혼들이여, 그리고 너희들의 흩어진 육체로 돌아가라,[2]

홍수가 멸망시켰고, 그리고 불이 멸망시킬 영혼들이여,

전쟁, 기근, 노령, 학질, 폭정,

절망, 법률, 우연이 살해한 영혼들이여, 그리고 너희 눈으로,

하느님을 보게 되고 그리고 죽음의 비애를 결코 맛보지 않을 그대들

이여.[3]

그러나 그들을 잠들게 하소서, 주여, 그리고 제가 잠시 비탄케 하소서,

만일 이 모든 이들 이상으로 나의 죄들이 넘친다면,

풍성한 당신의 은총을 구하는 것은 때늦은 까닭입니다,

---

1 둥근 지구의 가상된 네 모퉁이; "······내가 네 천사가 땅 네 모퉁이에 선 것을 보니 땅의 사방
에 바람을 붙잡아 바람으로 하여금 땅에나 바다에나 각종 나무에 불지 못하게 하더라"(요한
계시록 7장 1절).
2 마지막 심판날에 영혼들은 여기저기 흩어져 있다가 부활된 시체들과 합류하게 되어 있다는
믿음.
3 예수의 재림 때 살아 있을 사람들; "내가 참으로 너희에게 이르노니 여기 섰는 사람 중에 죽
기 전에 하나님의 나라를 볼 자들도 있느니라"(누가복음 9장 27절), "보라. 내가 너희에게
비밀을 말하노니 우리가 다 잠잘 것이 아니고 마지막 나팔에 순식간에 홀연히 다 변하리
라"(고린도전서 15장 51절).

When we are there; here on this lowly ground,

Teach me how to repent; for that's as good

As if thou hadst sealed my pardon, with thy blood.

우리가 그 곳에 갔을 때; 여기 이 낮은 땅 위에서,

제게 회개하는 법을 가르치소서; 그렇게 하는 것이

당신께서 당신의 피로 저의 면죄를 봉인한 점과 다름없는 까닭입니다.[4]

---

4 진정한 참회는 예수의 희생이 인류에게 제공한 일반사면을 얻을 수 있다는 시인의 믿음.

VIII

If faithful souls be alike glorified
As angels, then my father's soul doth see,
And adds this even to full felicity,
That valiantly I hell's wide mouth o'erstride:
But if our minds to these souls be descried
By circumstances, and by signs that be
Apparent in us, not immediately,
How shall my mind's white truth by them be tried?
They see idolatrous lovers weep and mourn,
And vile blasphemous conjurers to call
On Jesus' name, and pharisaical
Dissemblers feign devotion. Then turn
O pensive soul, to God, for he knows best
Thy true grief, for he put it in my breast.

VIII

만약 충실한 영혼들이 똑같이 찬양된다면
천사들처럼, 그러면 내 아버지의 영혼을 보게 되고,
그리고 이는 충만한 은총에 실로 보탬이 되리니,
나는 용감하게 지옥의 넓은 입을 건너가리라:
그러나 만일 우리 마음이 이들 영혼들에게 알려진다면
사정상, 그리고 우리 안에 명백히 있는
징조들로 인하여, 금방은 아니더라도,
어떻게 내 마음의 하얀 진실을 그들이 구별할 수 있을까?[1]
그들은 맹목적인 연인들이 울고 비탄함을 보고,
그리고 타락하고 불경스런 마법사들이
예수의 이름을 부르고, 그리고 바리새인 같은
위선자들이 신앙을 가장하는 것을 본다. 그러니 향하라
오 사려 깊은 영혼이여, 하느님께로, 그분은 가장 잘
너의 진정한 슬픔을 아시며, 그걸 내 가슴속에 묻어 두시기 때문이다.

---

1 이 세상을 떠난 충실한 영혼들은 천사들처럼 직감적으로 우리 마음을 아는가, 아니면 외부
상황이나 징표들을 보고 짐작하는가? 후자의 경우라면, 어떻게 그들이 진정한 슬픔과 맹목
적인 연인들의 가식이나, 신성한 이름을 불러 초자연적 사건을 꾀하는 마법사들이나 바리새
인같이 독선적인 위선자들을 구별할 수 있는가?(Clements 118)

IX

If poisonous minerals, and if that tree,
Whose fruit threw death on else immortal us,
If lecherous goats, if serpents envious
Cannot be damned; alas, why should I be?
Why should intent or reason, born in me,
Make sins, else equal, in me more heinous?
And mercy being easy, and glorious
To God, in his stern wrath why threatens he?
But who am I, that dare dispute with thee
O God? Oh! of thine only worthy blood,
And my tears, make a heavenly lethean flood,
And drown in it my sin's black memory;
That thou remember them, some claim as debt,
I think it mercy, if thou wilt forget.

IX

만약 유독한 광물질들과, 그리고 만약 그 열매가

아니었더면, 영원불멸했을 우리에게 죽음을 던져 준 나무,

만약 음란한 염소들, 만약 시기하는 뱀들이

저주를 받지 않는다면; 아, 왜 제가 저주를 받아야 합니까?

왜 저에게 태어난 의도나 이성이

죄를 지어, 아니면 동등할 것을,[1] 제 안에서 더욱 가증스럽습니까?

그리고 자비는 쉽고, 또한 하느님께 영광된 것이라면,

그분의 냉엄한 분노에 싸여, 왜 그분은 위협하십니까?

그러나 감히 당신과 논쟁하는 나는 누구입니까?

오 하느님, 오! 당신의 유일한 값진 보혈로,

그리고 저의 눈물로, 천상에 망각의 홍수[2]를 만들어,

그 속에 저의 죄의 검은 기억을 익사케 하소서;

당신께서 그 죄들을 기억하심을, 어떤 이들은 은혜라 주장하지만,[3]

만약 당신께서 잊으신다면, 저는 그걸 자비로 여기겠습니다.

---

1 인간에게만 있는 의도나 이성이 아니면 염소의 정욕이나 뱀의 질투 같은 죄와 시인의 죄는
  동등하겠지만.
2 고대 전설에서 리스(Leathe)는 지하(Hades)에 있는 망각의 강인데, 세상을 떠난 영혼들이
  그 물을 마시면 그들 전생의 존재를 잊어버리게 된다. 죄의 기억에 망각을 유도하는 의미.
3 죄를 은혜의 빚(부채)으로 생각함으로써 그리스도의 희생으로 사면됨을 의미한다.

X

Death be not proud, though some have called thee

Mighty and dreadful, for, thou art not so,

For, those, whom thou think'st thou dost overthrow,

Die not, poor death, nor yet canst thou kill me;

From rest and sleep, which but thy pictures be,

Much pleasure, then from thee, much more must flow,

And soonest our best men with thee do go,

Rest of their bones, and soul's delivery.

Thou art slave to fate, chance, kings, and desperate men,

And dost with poison, war, and sickness dwell,

And poppy, or charms can make us sleep as well,

And better than thy stroke; why swell'st thou then?

One short sleep past, we wake eternally,

And death shall be no more; death, thou shalt die.

X

죽음아, 뽐내지 마라, 어떤 이들은 너를 일러

힘세고 무섭다고 하지만, 실상 너는 그렇지 않기 때문이다,

네가 멸한다고 생각한 사람들은

죽지 않기 때문이다, 불쌍한 죽음아, 또한 너는 나를 죽일 수 없다;

단지 너의 영상에 불과한 휴식이나 잠으로부터,

많은 쾌락이 흐르니, 그러니 네게서 더 많은 쾌락이 흘러야 하리,[1]

그리고 제일 먼저 우리의 가장 훌륭한 사람들이 너와 함께 간다,

그들 유골의 안식과 영혼의 해방을 찾아서.[2]

너는 운명, 우연, 제왕들, 그리고 절망한 이들의 노예이다,

또한 독약과 전쟁과 질병과 함께 산다,

아편이나 마법도 우리를 곧잘 잠들게 할 수 있다,

더욱이 네 손길보다 더 쉽게; 그런데 너는 왜 으시대는가?[3]

짧은 한 잠이 지나면,[4] 우리는 영원히 깨어나리,

그리고 죽음은 더 이상 없으리; 죽음아, 너는 죽으리라.

---

1 죽음의 영상에 지나지 않는 휴식과 수면에서 많은 쾌락이 흐르므로, 죽음 자체에서는 더 많은 쾌락이 흘러야 한다(즉 공포의 대상이 아니다).
2 죽음은 육체의 영원한 안식과 육체로부터의 영혼의 해방 또는 구원이다.
3 뽐낼 것이 없는데, 거만하게 빼기고 자만하는가?
4 최후 심판까지 기다리는 동안의 잠시 수면.

XI

Spit in my face ye Jews, and pierce my side,
Buffet, and scoff, scourge, and crucify me,
For I have sinned, and sinned, and only he,
Who could do no iniquity hath died:
But by my death can not be satisfied
My sins, which pass the Jews' impiety:
They killed once an inglorious man, but I
Crucify him daily, being now glorified.
Oh let me, then, his strange love still admire:
Kings pardon, but he bore our punishment.
And Jacob came clothed in vile harsh attire

XI

내 얼굴에 침을 뱉으라 너희 유태인들아, 그리고 내 옆구리를 찌르라,

때리고, 비웃고, 채찍질하고, 그리고 나를 십자가에 못박으라,

나는 죄를 짓고, 또 죄지었으니, 그리고 오직 그분,

죄를 지을 수 없었던 그분만이 죽임을 당하셨으니:

그러나 내 죽음으로는 속죄될 수 없으리

내 죄들은, 유태인들의 불경함을 능가하니:

그들은 이름 없던 사람[1]을 한 번 죽였으나, 그러나 나는

지금 영광을 받으시는 그분을 매일 십자가에 못박고 있음이라.[2]

오, 그러니 나로 하여금 그분의 신비한 사랑을 항상 찬미하게 하라:

제왕들은 용서하나, 그러나 그분은 우리의 형벌을 짊어지셨다.[3]

그리고 야곱은 더럽고 거친 옷을 입고 왔으나

---

1 유태인들이 예수를 십자가에 못박았을 때는, 부활하여 영광스럽게 승천하기 전으로 아직 그 영광이 잘 알려지지 않은 상태였음을 말한다.

2 새로운 죄를 거듭하는 것은 그리스도가 십자가에 못박히는 시련을 더 새롭게 하는 것이다. "타락한 자들은 다시 새롭게 하여 회개할 수 없으니 이는 자기가 하나님의 아들을 다시 십자가에 못박아 현저히 욕을 보임이라"(히브리서 6장 6절).

3 제왕들은 기껏해야 우리의 범죄를 용서하지만, 그리스도는 우리의 죄로 인한 벌을 짊어지셨다.

But to supplant, and with gainful intent:

God clothed himself in vile man's flesh, that so

He might be weak enough to suffer woe.

찬탈하려 함이었고, 또한 이득을 얻으려는 의도였다.[4]
하느님은 스스로 더러운 인간의 육신을 취하셔서
충분히 연약하게 하시어 몸소 고통을 겪기 위함이셨다.

---

4 야곱은 염소 가죽옷을 입고 형 에서로 변장하여 눈먼 그의 아버지 이삭을 속이고 장자권의
  축복을 얻어냈다(창세기 27장).

XII

Why are we by all creatures waited on?
Why do the prodigal elements supply
Life and food to me, being more pure than I,
Simple, and further from corruption?
Why brook'st thou, ignorant horse, subjection?
Why dost thou bull, and boar so sillily
Dissemble weakness, and by'one man's stroke die,
Whose whole kind, you might swallow and feed upon?
Weaker I am, woe is me, and worse than you,
You have not sinned, nor need be timorous.
But wonder at a greater wonder, for to us
Created nature doth these things subdue,
But their Creator, whom sin, nor nature tied,
For us, his creatures, and his foes, hath died.

XII

왜 우리는 모든 피조물의 섬김을 받는가?

왜 풍부한 원소들은 제공하는가

내게 생명과 음식을, 나보다 더욱 순수하고,

단순하며, 또한 타락으로부터 더 멀리 있건만?[1]

왜, 무지한 말이여, 너는 복종을 견디는가?

왜 너희, 황소와 수퇘지는, 그토록 어리석게

약함을 가장하여, 한 인간의 일격에 죽는가,

인간 전부를 너희가 삼키고 먹고 살 수도 있으련만?

나는 더 연약하고, 비통하고, 너희보다 더 사악하도다,

너희는 죄를 짓지도 않았고, 두려워할 필요도 없도다.

그러나 신기하고 더욱 신기하여라, 우리에게

창조된 자연이 이들 만물을 복종시키니,[2]

그러나 죄나 자연이 속박하지 못한 그들의 창조주는,

그의 피조물이고, 또한 그의 적인, 우리를 위하여 죽었도다.

---

1 인간은 4가지 원소들로 혼합되어 균형을 이루고 있으나 균형이 깨지면 부패하게 된다. 그러므로 인간은 단일하고 순수한 원소들보다 더 타락하기 쉽다. 또한 원소들은 인간 원죄의 타락에 중요한 역할을 한 것이 아니라 인간의 행위로 저질러진 결과에 동참하고 있을 뿐, 그들은 인간보다는 최초에 창조된 원형의 순수세계에 더욱 가깝다(Smith 631).

2 하나님에 의해 창조된 자연의 이치가 우리 인간으로 하여금 만물을 지배하게 한다.

XIII

What if this present were the world's last night?
Mark in my heart, O soul, where thou dost dwell,
The picture of Christ crucified, and tell
Whether that countenance can thee affright,
Tears in his eyes quench the amazing light,
Blood fills his frowns, which from his pierced head fell,
And can that tongue adjudge thee unto hell,
Which prayed forgiveness for his foes' fierce spite?
No, no; but as in my idolatry
I said to all my profane mistresses,
Beauty, of pity, foulness only is
A sign of rigour: so I say to thee,
To wicked spirits are horrid shapes assigned,
This beauteous form assures a piteous mind.

XIII

만약 이 순간이 세상의 마지막 밤이라면 어쩔까?

오 영혼이여, 그대가 거하는 내 마음 속에 새기라,

십자가에 못박힌 그리스도의 영상을, 그리고 말하라

그 얼굴 표정이 그대를 놀라게 할 수 있는가를,

그의 두 눈의 눈물이 이 놀라운 빛을 끄고,[1]

그의 뚫린 머리에서 흘러내린 피가 그의 찡그린 얼굴을 채우니,

그리고 그의 혀가 그대를 지옥으로 선고할 수 있을까,

그의 적들의 흉포한 악의를 용서해 달라고 기도했는데?[2]

아니, 아니오; 그러나 나의 우상숭배처럼

나는 내 모든 세속적인 여인들에게 말했다,

아름다움은, 동정의 표시이고, 추함은 단지

가혹함의 표시라고:[3] 그래서 나는 그대에게 말하노라,

사악한 영혼들에겐 무서운 형상이 부여되고,

이 아름다운 모습은 동정어린 마음을 보장한다고.

---

1 그리스도는 십자가에 처형하는 죄 많은 인간들에게 노한 눈빛을 보내야 하겠지만, 한편 무지한 인간들에 대한 연민의 눈물로 부드러운 눈빛이 된다.

2 "아버지여, 저희를 용서하여 주옵소서. 저들이 하는 것을 알지 못하나이다"(누가복음 23장 34절).

3 아름다운 모습은 동정심 많은 부드러운 마음에서 형성되고 추한 모습은 몰인정하고 가혹한 마음에서 형성된다(美는 동정의 표시이고, 애인들에게 결코 상냥하지 못한 여인들은 추한 여인들이다. Smith 632).

XIV

Batter my heart, three-personed God; for, you

As yet but knock, breathe, shine, and seek to mend;

That I may rise, and stand, o'erthrow me, and bend

Your force, to break, blow, burn and make me new.

I, like an usurped town, to another due,

Labour to admit you, but oh, to no end,

Reason your viceroy in me, me should defend,

But is captived, and proves weak or untrue,

Yet dearly I love you, and would be loved fain,

But am betrothed unto your enemy,

Divorce me, untie, or break that knot again,

Take me to you, imprison me, for I

Except you enthral me, never shall be free,

Nor ever chaste, except you ravish me.

XIV

내 가슴을 치소서, 삼위일체이신 주여; 당신은

여태 두드리고, 입김 불고, 비추고, 고치려고만 하셨으니;

내가 일어나 서도록, 나를 넘어뜨리고, 당신의

힘을 쏟아 나를 부수고, 불고, 태워서 새롭게 만드소서.[1]

나는, 다른 자에게[2] 넘겨지려는, 빼앗긴 도시처럼,[3]

당신을 받아들이려 애쓰지만, 아, 헛일입니다,

내 안에 있는 당신의 총독, 이성이[4] 나를 방어해야 하지만,

도리어 포로가 되어, 연약하거나 부정한 것으로 판명되었습니다.

그런데도 나는 당신을 지극히 사랑하며 사랑받고 싶지마는,

당신의 적과 약혼을 하였습니다,

나를 파혼시켜 주시고, 그 매듭을 다시 풀거나 끊어 주소서,

나를 당신께로 인도하사, 가두어 주소서, 나는

당신이 사로잡지 않으시면, 결코 자유롭지 못할 것이며,

당신이 나를 겁탈하지 않으시면, 결코 정숙하지도 못할 것이기 때문

입니다.[5]

---

1 하느님을 대장장이 이미지를 이용하여 쇠를 부수고 달구어서 새로 만드는 작업을 연상케 하고 있다.
2 점령자 아닌 또 다른 이(악마)에게 넘겨지게 되어 있다.
3 자신을 적에게 빼앗긴 도시처럼, 사탄에게 유린당한 처녀처럼 비유한다.
4 인간의 이성을 신의 총독이 다스리는 것으로 묘사.
5 신과 인간의 관계를 인간의 이성관계에 비유하여 결혼이나 간음으로 설명하고 있다.

XV

Wilt thou love God, as he thee? then digest,

My soul, this wholesome meditation,

How God the Spirit, by angels waited on

In heaven, doth make his temple in thy breast.

The Father having begot a Son most blessed,

And still begetting, (for he ne'er begun)

Hath deigned to choose thee by adoption,

Coheir to' his glory, 'and Sabbath's endless rest;

And as a robbed man, which by search doth find

His stol'n stuff sold, must lose or buy it again:

The Son of glory came down, and was slain,

XV

하느님께서 그대를 사랑하듯, 그대는 그분을 사랑하겠는가? 그렇다면,

내 영혼아, 이 유익한 명상을 음미하라,

어떻게 성령이신 하느님께서, 하늘에서 천사들의 섬김을

받으시며, 그대 가슴 속에 하느님의 성전을 지으시는지.[1]

성부께서, 가장 축복받은 독생자를 낳으셨고,

그리고 항상 낳고 계시니, (그분은 결코 시작하지 않으셨기에)[2]

황송하게도 그대를 양자로 선택하시어,

그의 영광과 안식일의 끝없는 휴식의 공동후사로 삼으셨다;[3]

그리고 도둑맞은 이가 수색해서 그의 도난당한 물건이

팔린 것을 알면, 그걸 잃거나 다시 사야 하는 것처럼:

영광스런 성자께서는 내려오시어, 살해되셨도다,

---

1 "너희가 하나님의 성전인 것과 하나님의 성령이 너희 안에 거하시는 것을 알지 못하느뇨?"(고린도전서 3장 16절)

2 하느님은 그리스도를 영원히 낳고 계신다. 사물이 시작과 끝이 있는 시간의 관념을 초월하신다(Smith 633).

3 "성령이 친히 우리 영으로 더불어 우리가 하나님의 자녀인 것을 증거하시니, 자녀이면 또한 후사 곧 하나님의 후사요 그리스도와 함께 할 후사니 우리가 그와 함께 영광을 받기 위하여 고난도 함께 받아야 될 것이니라"(로마서 3장 16~17절).

Us whom he had made, and Satan stol'n, to unbind.

'Twas much that man was made like God before,

But, that God should be made like man, much more.

그분께서 만드셨고, 사탄이 훔쳐 간 우리를 해방하시려고.[4]

예전에는 인간이 하느님의 형상대로 만들어진 것이 대단했으나,

하느님께서 인간처럼 만들어져야 한다는 것이 더욱 대단하도다.[5]

---

4 법률적으로, 도난당한 물건이 팔려서 그걸 산 사람에게 소유권을 상실한 사람은 그 장물취
득자가 팔려고만 한다면 그걸 다시 사서 소유권을 회복하는 수밖에 없다. 같은 방법으로, 그
리스도는 그의 생명을 바쳐서 그의 소유인 우리를 사탄으로부터 되돌려받아야 한다(Smith
633).
5 지고한 신의 사랑의 표현에서 인간 구원은 인간 창조보다 훨씬 월등하다.

XVI

Father, part of his double interest

Unto thy kingdom, thy Son gives to me,

His jointure in the knotty Trinity

He keeps, and gives me his death's conquest.

This Lamb, whose death, with life the world hath blessed,

Was from the world's beginning slain, and he

Hath made two wills, which with the legacy

Of his and thy kingdom, do thy sons invest.

Yet such are thy laws that men argue yet

Whether a man those statutes can fulfil;

None doth, but all-healing grace and Spirit

Revive again what law and letter kill.

XVI

성부여, 그의 이중 관심의 일부를[1]
당신의 왕국에서, 당신의 독생자를 제게 주십니다;
얽힌 삼위일체 안에서 그의 공유자산을[2]
지키시며, 그리고 그의 죽음이 정복한 것을 제게 주십니다.
이 어린 양은, 죽음으로써 세상을 생명으로 축복하였고,
이 세상 태초부터 살해되었습니다,[3] 그리고 그는
두 가지 유언[4]을 만드셨고, 그와 당신 왕국의
유산을 당신 아들들에게 남기시는 것입니다.
그럼에도 인간들은 아직도 논의만 하는 율법들입니다
인간이 그런 계율들을 성취할 수 있는지를;
아무도 하지 못합니다, 그러나 모두를 치유하는 은총과 성령이
법과 문자가 죽이는 것을 다시 살립니다.[5]

---

1 이중 관심: 삼위일체인 부분과 축복받은 인간으로서의 일부.
2 2, 3인 이상이 공동으로 소유하는 토지나 집 등의 자산.
3 "……창세 이후로 죽임을 당한 어린 양"(요한계시록 13장 8절).
4 성서의 구약과 신약.
5 "……의문[문자]은 죽이는 것이요 영은 살리는 것임이니라"(고린도후서 3장 6절).

Thy law's abridgement, and thy last command
Is all but love; oh let this last will stand!

당신 율법의 요약[6]과 당신 최후의 계명은

오직 전부 사랑이오니;[7] 오 그 마지막 유언이 유효하게 하소서![8]

---

6 하느님의 법을 요약한 십계명.
7 "내 계명은 곧 내가 너희를 사랑한 것같이 너희도 서로 사랑하라 하는 것이니라"(요한복음 15장 12절). 십계명은 사랑보다는 순종에 대한 정당한 보상이라는 개념이고, 그리스도는 서로를 사랑하도록 우리에게 요구하는 새로운 계명을 첨가하셨다("새 계명을 너희에게 주노니 서로 사랑하라……" 요한복음 13장 34절). 우리가 구원을 얻는 것은 그리스도의 자비와 사랑에 달려 있다. 엄격한 정의로는 우리는 형벌을 받을 것이기 때문이다(Smith 634).
8 신약을 준수하고 구약을 물려 놔라; 우리 구원이 정의에 서게 말고 사랑과 자비에 서게 하라(Smith 634).

XVII

Since she whom I loved hath paid her last debt
To nature, and to hers, and my good is dead,
And her soul early into heaven ravished,
Wholly in heavenly things my mind is set.
Here the admiring her my mind did whet
To seek thee, God; so streams do show the head,
But though I have found thee, and thou my thirst hast fed,
A holy thirsty dropsy melts me yet.
But why should I beg more love, when as thou
Dost woo my soul for hers; offering all thine:

XVII

내가 사랑한 그녀[1]가 그녀의 마지막 빚을

자연과 자신[2]에게 갚은 이래, 또한 나의 선함이 죽었노라,[3]

그리고 그녀의 영혼을 일찍이 천국으로 앗아 갔으니,

온통 천국의 일에 내 마음을 쏟게 된다.

여기서 그녀를 사모함은 내 마음을 자극했고

하느님, 당신을 찾도록; 그래서 시냇물은 근원을 보여준다;

하지만 비록 내가 당신을 찾았으나, 그리고 당신께서 내 갈증을 채워

주었으나,[4]

거룩한 갈증의 수종이 아직도 나를 녹이고 있다.

그러나 왜 내가 더 많은 사랑을 간청해야 하는가, 당신께서

그녀 대신에 내 영혼에 구애하고 있는데; 당신의 모든 것을 바쳐서:[5]

---

1 던(Donne)의 아내, 앤 모어(Anne More)는 12번째 아이를 낳는 산고로 1617년 8월 15일에
33세로 요절했다.
2 죽으면 자연으로 돌아간다는 일반적 개념과 죽어야 하는 인간의 한계성을 지닌 그녀 자신.
3 아내와의 사랑으로 가능했던 모든 선량함이 다하였다. 이젠 더 이상 아내가 던에게 좋은 일
을 해줄 수 없게 되었으므로.
4 갈증을 덜어 주기도 하고 더해 주기도 한다는 이중적 의미.
5 그녀의 사랑이 내게 주었던 모든 것은 당신 것이고, 그녀 대신에 당신께서 내게 구애하는 입
장인데, 어떻게 내가 더 많은 사랑을 청할 수 있는가?

And dost not only fear lest I allow

My love to saints and angels, things divine,

But in thy tender jealousy dost doubt

Lest the world, flesh, yea Devil put thee out.

그리고 내가 성인들과 천사들, 신성한 것에
내 사랑을 허락치 않도록 염려할 뿐만 아니라,
당신의 부드러운 질투로 속세, 육체, 실로 악마가[6]
당신을 쫓아내지 않도록 염려하리다.

---

6 하느님께서 시인의 충절을 지키기 위하여 그의 속세의 욕망을 의도적으로 좌절시켰음을 암
  시한다는 추측이 가능하다. 그래서 근원은 성자나 천사들처럼 신성한 것이었던 사랑하는
  사람을 제거했을 뿐 아니라 세속적인 야망과 행복을 억제했다고 볼 수 있다(Smith 635).

XVIII

Show me dear Christ, thy spouse, so bright and clear.
What, is it she, which on the other shore
Goes richly painted? or which, robbed and tore
Laments and mourns in Germany and here?
Sleeps she a thousand, then peeps up one year?
Is she self truth and errs? now new, now outwore?
Doth she, and did she, and shall she evermore
On one, on seven, or on no hill appear?
Dwells she with us, or like adventuring knights

XVIII

사랑하는 그리스도여, 제게 보여주소서, 그토록 밝고 깨끗한 당신의 배우자를.[1]

건너편 해안에서 짙게 화장을 하고

거니는 것이 그녀입니까?[2] 아니면 약탈당하고 찢긴 채

독일과 이 곳에서 통곡하고 한탄하는 것이 그녀입니까?[3]

그녀는 천 년을 잠자다가, 일 년을 엿보는 것입니까?[4]

그녀는 스스로 진리이며 과오를 범하나요? 이제 새롭고, 이제 낡았나요?[5]

그녀는 현재도, 그리고 과거에도, 미래에도 항상

산 위에, 일곱 언덕 위에, 혹은 언덕이 없는 곳에 나타나나요?[6]

그녀는 우리와 함께 거하나요, 아니면 모험하는 기사들처럼

---

1 "어린 양의 혼인 기약이 이르렀고 그 아내가 예비하였으니"(요한계시록 19장 7절); 성서에서 진정한 교회는 신부로, 그리스도는 신랑으로 비교된다.

2 로마 카톨릭 교회.

3 독일의 루터파 신교 교회나 영국의 칼빈파 교회; '짙게 화장한' 로마 교리나 '약탈당한' 신교 교회 모두 참된 '신부'의 모습은 아니다. '약탈당하고 찢긴' 것은 1620년 독일 신교가 패배한 전투를 암시한다.

4 신교파 중 어떤 이들은 참된 교회가 천 년 동안 지상에서 사라졌다가 이제 다시 새롭게 태어났다고 주장한다.

5 스스로 참되다고 주장하는 교회가 계속 잘못을 저지를 수 있는가? 참된 교회가, 유행(패션)처럼 금새 새롭게 허용되고, 또 금새 유행이 지난 것처럼 버려지는 것인가?(Smith 636)

6 산(山): 솔로몬이 성전을 세운 모리아 산(Mt. Moriah, 역대하 3장 1절).
　로마 교회의 7언덕들. 칼빈파 중심의 제네바 교회에는 언덕이 없다(Smith 636).

First travail we to seek, and then make love?
Betray, kind husband, thy spouse to our sights,
And let mine amorous soul court thy mild dove,
Who is most true and pleasing to thee, then
When she'is embraced and open to most men.

먼저 우리가 여행해서 찾고, 그리곤 연애를 하나요?

관대한 남편이여, 당신의 배우자를 우리에게 보여주소서,

그리고 저의 연모하는 영혼이 당신의 온유한 비둘기에게 구애하게 하소서,[7]

그녀는 당신께 가장 진실되고 기쁨이 될 것입니다,

그녀가 만인에게 포옹받고 개방될 그 때에.[8]

---

7 "나의 누이, 나의 사랑, 나의 비둘기, 나의 완전한 자야 문열어 다고"(아가 5장 2절); 그리스도와 교회 간의 사랑을 성애적으로 표현.

8 모순적인 성적 표현을 통해서 교파나 배타성이 없는 보편성이 참된 교회의 특징임을 말한다.

XIX

Oh, to vex me, contraries meet in one:
Inconstancy unnaturally hath begot
A constant habit; that when I would not
I change in vows, and in devotion.
As humorous is my contrition
As my profane love, and as soon forgot:
As riddlingly distempered, cold and hot,
As praying, as mute; as infinite, as none.
I durst not view heaven yesterday; and today
In prayers, and flattering speeches I court God:
Tomorrow I quake with true fear of his rod.
So my devout fits come and go away
Like a fantastic ague: save that here
Those are my best days, when I shake with fear.

XIX

오, 나를 괴롭히려고, 상반되는 것들이 만나 하나가 되고;
변덕은 부자연스럽게 낳았구나
변함없는 습관을; 내가 원치 않을 때
나는 맹세와 헌신으로 변하도다.
나의 회개는 변덕스러워라
내 세속적인 사랑처럼, 그래서 곧 잊혀지듯이:
수수께끼처럼 혼란스럽고, 차고 또한 뜨겁다,
기도하듯, 침묵하듯; 무한이듯, 아무것도 아니듯.[1]
어제 나는 감히 천국을 보지 못했다; 그런데 오늘
기도와 아첨하는 말로 나는 하느님께 구애한다:
내일 나는 그의 매질이 진정 두려워 떨리라.
이렇게 내 신앙의 발작은 왔다가 사라진다
극심한 학질처럼:[2] 이 곳에서
내가 두려움에 떠는 최고의 날들을 제외하고는.

---

1 세속적인 애인처럼 애정을 호소하는가 하면 금방 침묵하는 변덕스러움(기도하는가 하면 침
  묵하고); 무한히 회개하는가 하면, 전혀 회개하지 않는 변덕.
2 학질: 열과 오한이 발작처럼 와서 전율하게 하는 열병.

The Cross

Since Christ embraced the Cross itself, dare I

His image, th' image of his Cross deny?

Would I have profit by the sacrifice,

And dare the chosen altar to despise?

It bore all other sins, but is it fit

That it should bear the sin of scorning it?

Who from the picture would avert his eye,

How would he fly his pains, who there did die?

From me, no pulpit, nor misgrounded law,

Nor scandal taken, shall this Cross withdraw,

It shall not, for it cannot; for, the loss

Of this Cross, were to me another cross;

Better were worse, for, no affliction,

No cross is so extreme, as to have none.

Who can blot out the Cross, which th' instrument

십자가[1]

그리스도께서 십자가를 지신 이래, 감히 내가

그분의 영상, 그분 십자가의 영상을 부인하겠는가?

내가 그 희생으로 이익을 얻을 것인데,

감히 선택된 제단을 경멸하겠는가?

십자가는 모든 다른 죄를 짊어졌지만, 그러나

십자가를 비웃는 죄를 져야 한다는 것이 합당한가?

누가 그 영상에서 그분의 눈을 피하겠는가,

거기 십자가에서 돌아가신 그분의 고통을 어떻게 피하겠는가?

내게서, 아무런 설교도, 근거 없는 법률도,

어떤 비방을 받아도, 이 십자가를 제거하지 못하리,[2]

그리하지 못하리, 그럴 수 없기에; 왜냐하면, 이 십자가의

상실이 내게는 또 하나의 십자가가 될 것이기에;

좋기보다 더 나쁘리, 왜냐하면, 어떤 고통도

십자가를 하나도 갖지 않는 것만큼 지나친 고통은 아니므로.[3]

누가 십자가를 지울 수 있는가, 하느님의

---

1 이 시는 세례의식에서 십자가를 우상숭배의 상징이라고 반대하는 청교도들에게 십자가를 '옹호'하고 있다.

2 청교도들은 십자가의 상징을 싫어했고; 설교로 십자가를 반대했고, 십자가 사용을 금하는 법률을 촉구했다. 그리고 사람들이 십자를 긋는 행위를 비방했다(Smith 647).

3 십자가를 폐지하는 것이 더 좋을 것이라고 하지만, 십자가를 하나도 가지지 못하는 고통만큼 더 큰 고통은 없으므로 십자가를 가지지 못하는 고통은 또 하나의 십자가를 지는 셈이 된다.

Of God, dewed on me in the Sacrament?
Who can deny me power, and liberty
To stretch mine arms, and mine own cross to be?
Swim, and at every stroke, thou art thy cross,
The mast and yard make one, where seas do toss.
Look down, thou spiest out crosses in small things;
Look up, thou seest birds raised on crossed wings;
All the globe's frame, and sphere's, is nothing else
But the meridians crossing parallels.
Material crosses then, good physic be,
But yet spiritual have chief dignity.
These for extracted chemic medicine serve,
And cure much better, and as well preserve;
Then are you your own physic, or need none,
When stilled or purged by tribulation.

사제가 성찬식에서 내게 뿌려 준 것을?[4]

누가 내게 두 팔을 펼쳐서, 내 자신의 십자가를 만드는

능력과 자유를 부정할 수 있는가?

수영해 보라, 그러면 헤엄칠 때마다, 그대는 그대의 십자가이니,

돛대와 활대[5]는 바다가 출렁일 때 십자가를 이룬다.

아래를 보라, 작은 것들에서도 그대는 십자가를 엿보리;

위를 보라, 그대는 새들이 가로지른 날개로 솟아오르는 것을 보리니;

모든 지구의 틀과, 구체의 틀도, 평행선을

가로지른 자오선들 이외에 아무것도 아니다.[6]

물질적인 십자가는 그러니, 묘약이다,

하지만 정신적인 것은 최고의 권위를 지닌다.

이 십자가들은 화학추출로 얻은 의약[7]에 도움이 되고,

또한 훨씬 잘 치료하며, 또 마찬가지로 잘 보존된다;

그 때 당신은 당신 자신의 치료약이 되니, 아무것도 필요 없다,

정지될 때[8] 혹은 고난에 의해 정화될 때.

---

4 세례식 때 피세례자의 몸에 십자형으로 물방울을 뿌려 주는 것이나, 성찬식에서 그리스도의 몸과 피로써 새롭게 해주는 축복.

5 돛대의 활대: 돛대에 직각으로 달아 맨 긴 원재로 여기에 돛을 단다.

6 자오선 즉 경도선과 가로선인 위도선.

7 치료약의 진수로 특정한 식물이나 광물의 화학적 추출로 얻어진 것은 치료의 효력을 보존하는 힘이 있다고 생각되었다.

8 증류해서 순수한 물을 얻을 수 있고 고뇌를 통해 육체의 죄를 정화시킬 때; 증류한다는 뜻과 움직임이 없이 정지해서 순수하게 한다는 복합적인 뜻이 있다.

For when that Cross ungrudged, unto you sticks,

Then are you to yourself, a crucifix.

As perchance carvers do not faces make,

But that away, which hid them there, do take:

Let crosses, so, take what hid Christ in thee,

And be his image, or not his, but he.

But, as oft alchemists do coiners prove,

So may a self-despising, get self-love.

And then as worst surfeits of best meats be,

So is pride, issued from humility,

For 'tis no child, but monster; therefore cross

Your joy in crosses, else, 'tis double loss,

왜냐하면 그 악의 없는 십자가가 당신에게 접착할 때,

그 때 당신은 당신 자신에게 십자가의 그리스도상이 된다.

아마도, 조각가들이 얼굴을 만들어내는 것이 아니라,

속에 감추어진 얼굴을 끄집어내는 것과 같은 거다:[9]

십자가로 하여금, 그렇게 그대 속에 감추어진 그리스도를 취하게 하라,

그리고 그분의 영상이 되라, 아니 그분의 영상이 아니라, 그분이 되라.

그러나, 가끔 연금술사들이 위조주화[10]를 만들어 증명하듯이,

자신의 경멸은 자애(自愛)를 낳을 수도 있으리.[11]

그래서 최악의 과식이 최고의 음식에서 오는 것처럼,

자만도 겸손에서 생겨나도다,

왜냐면, 자만은 어린아이가 아니라, 괴물이기에; 그러므로 제거하라

십자가 속에 당신의 기쁨을, 그렇지 않으면, 그건 이중의 손실이니,[12]

---

9 미켈란젤로가 말하기를 가장 훌륭한 조각가라도 대리석 덩어리 속에 이미 감추어져서 발견
되도록 기다리고 있지 않는 '착상'을 소유한 자는 없다고 한다(Smith 648). 마찬가지로 조
각가는 사람의 얼굴을 인형처럼 빚어내는 것이 아니라 돌이나 나무와 같은 재료 속에 숨겨
져 있는 것을 벗겨내는 것이다.

10 연금술사들이 합법적으로 금을 만들어내는 능력이 없으므로 반대로 위조주화를 만들도록
종종 자극을 받았다: 한쪽 극단으로 치우침은 반대쪽 극단을 초래한다(Smith 648).

11 청교도들은 자기멸시와 지나친 겸양에서 나온 자애(自愛)와 자의(自義: 스스로 의로움)로
인한 공격을 받았다.

12 자신을 낮추고 부정하는 덕망에서 택하는 기쁨을 억제하라. 그리스도를 위한 선행이나 기
쁨 양쪽 다 상실되고 말 터이니.

And cross thy senses, else, both they, and thou

Must perish soon, and to destruction bow.

For if th'eye seek good objects, and will take

No cross from bad, we cannot 'scape a snake.

So with harsh, hard, sour, stinking, cross the rest,

Make them indifferent; call, nothing best.

But most the eye needs crossing, that can roam,

And move; to th' others th' objects must come home.

And cross thy heart: for that in man alone

Points downwards, and hath palpitation.

Cross those dejections, when it downward tends,

And when it to forbidden heights pretends.

And as the brain through bony walls doth vent

By sutures, which a cross's form present,

So when thy brain works, ere thou utter it,

그리고 그대의 감각들도 멸하라, 아니면, 그들과 그대 양쪽은

곧 멸망하리니, 그리고 파멸에 굴복하게 되리라.

만일 눈이 선한 대상물을 찾고, 그리고 악한 것에서 고난을

취하지 않는다면, 우리는 뱀을 피할 수 없기 때문이다.[13]

그러니 거칠고, 딱딱하고, 시고, 역겨움으로 그 나머지[14]를 지워서,

감각들을 별 차이 없게 하라; 아무것도 최선이라 부르지 마라.

그러나 돌아보고 움직이는 눈은 십자 긋기를 가장

필요로 한다; 다른 감각들[15]에게는 사물이 저절로 나타나야 한다.

그리고 그대 심장에 십자가를 그어라: 오직 인간 심장만이

아래쪽으로 향해 있고, 동계(動悸)[16]를 갖고 있기에.

낙담을 지워 버려라, 심장이 아래로 향할 때,

그리고 금지된 절정에 이를 때.

그리고 두뇌가 골벽을 통해 표출되듯이

십자가 형태를 나타내는 두개골 봉합선[17]에 의해서,

그러니 그대의 두뇌가 작용할 때, 그대가 말하기 전에,

---

13 이브가 뱀의 꼬임을 경탄했듯이(창세기 3장 6절).

14 시각 이외에 즐거움을 주는 나머지 감각들(청각, 촉각, 미각, 후각)만을 바라지 말고, 나쁜 감각(거친 소리, 딱딱한 촉감, 신맛, 역겨운 냄새)도 섞어 중화시켜라.

15 시각(눈)과 달리 움직여서 찾거나 만족할 만한 사물을 선택할 수 없는 나머지 4가지 감각들.

16 아리스토텔레스는 말하기를 인간만이 미래에 대한 희망과 기대를 갖고 있는 까닭으로, 흥분하면 가슴이 고동친다고 했다(Smith 648).

17 윗 두개골은 머리 전면 부위와 봉합선(이음매)에 의해서 십자형으로 만난다(Smith 649).

Cross and correct concupiscence of wit.

Be covetous of crosses, let none fall.

Cross no man else, but cross thyself in all.

Then doth the Cross of Christ work fruitfully

Within our hearts, when we love harmlessly

That Cross's pictures much, and with more care

That Cross's children, which our crosses are.

기지의 탐욕[18]을 지우고 고쳐라.

십자가를 탐하라, 아무것도 포기하지 마라.[19]

어느 누구도 배반하지 마라, 만사에서 그대 자신을 지우라.

그 때 그리스도의 십자가는 충실하게 작용하리라

우리 마음 속에서, 우리가 악의 없이 사랑할 때

그 십자가의 영상들을 훨씬, 또한 보다 많은 관심으로

우리들의 십자가인 십자가의 아이들을.[20]

---

18 지적 자만심.
19 어떤 기회도 놓치지 마라.
20 그리스도가 십자가에 못박히심으로 인한 결과들; 이 세상에서 그를 따르는 이들이 견뎌야
   하는 계속적인 십자가의 재현들.

Resurrection, imperfect

Sleep sleep old sun, thou canst not have repassed

As yet, the wound thou took'st on Friday last;

Sleep then, and rest; the world may bear thy stay,

A better sun rose before thee today,

Who, not content to enlighten all that dwell

On the earth's face, as thou, enlightened hell,

And made the dark fires languish in that vale,

As, at thy presence here, our fires grow pale.

Whose body having walked on earth, and now

Hasting to heaven, would, that he might allow

Himself unto all stations, and fill all,

For these three days become a mineral;

He was all gold when he lay down, but rose

부활, 미완성[1]

자거라 자거라 오랜 태양이여, 그대는 회복될 수 없었도다

아직도, 지난 금요일 그대가 받은 상처에서;[2]

그러니 자거라, 그리고 쉬어라; 세상은 그대의 휴식을 참으리라,

오늘 그대보다 앞서 더 좋은 태양[3]이 떠올랐다,

그분은, 그대처럼, 지상에 거하는 만물을 밝게 비추는 데

만족하지 않고, 지옥을 밝게 비추셨도다,

그리고 그 골짜기에서 어두운 불꽃을 쇠진하게 하였다,

그대가 여기 있음에도, 우리들의 불꽃이 창백해지듯이.

그분의 육체가 땅 위를 걸으셨고, 그리고 지금

하늘로 서둘러 가고 계시니, 그분께서 스스로를

만물의 존재에게 허락하사, 모두 채워 주시기를,[4]

이번 삼 일 동안 만물은 광물[5]이 되었으므로;

그분은 누우셨을 때 온통 황금[6]이셨으나, 일어나셨도다

---

1 이 시는 미완성 작품이다.
2 성(聖) 금요일에 예수가 십자가에 못박혀 죽는 시간에 하늘을 암흑으로 덮었던 일식을 '상처'로 암시하고 있다.
3 그리스도(태양 'sun'과 독생자 'son'의 동음이의를 이용).
4 그리스도께서 지상의 모든 존재에게 임하여 주시기를 기원한다.
5 그리스도가 십자가에 못박히고 부활하기까지 삼 일 동안 지상의 모든 것이 광물이 되었다.
6 금은 품질상 기타 낮은 금속들보다 완벽하게 순수한 것으로 간주되었다. 여기서 의미하는 것은 무덤이 연금술의 증류기이고, 그 곳에서 선한 사람들의 육신은 금속찌꺼기에서 금으로 순화되어 부활을 준비한다는 것이다. 그러나 그리스도는 이미 순수한 금이셨다(Smith 650).

All tincture, and doth not alone dispose

Leaden and iron wills to good, but is

Of power to make even sinful flesh like his.

Had one of those, whose credulous piety

Thought, that a soul one might discern and see

Go from a body, at this sepulchre been,

And, issuing from the sheet, this body seen,

He would have justly thought this body a soul,

If not of any man, yet of the whole.

   Desunt caetera

모든 금속의 진수[7]로, 그리고 납과 철의 고집[8]을
선(善)으로 처리하실 뿐만 아니라, 죄 많은
육신까지도 그분처럼 만드는 능력이 있으시도다.
이들 중 한 사람이, 쉽게 믿는 신앙심으로
생각했다면, 그는 영혼이 육체로부터 떠남을
분별하고 볼 수 있었을 텐데, 이 무덤이 있던 곳에서,
그리고, 덮개로부터 나오는 이 육신을 보고,
그는 이 육신을 영혼이라고 올바르게 생각했으리,
어떤 인간의 혼이 아니라면, 인류 전체의 영혼이라고.[9]

　　(나머지는 미완성이다.)

---

7 금의 진수는 다른 금속을 금으로 변화시키는 힘을 가졌다. 그리스도는 스스로 인간으로 죽음으로써 또한 십자가와 무덤에서 부활함으로써 죄 많은 인간성을 재생시킬 힘을 얻는다 (Smith 650).
8 정신적으로 냉담하고 완고한 죄인들(Smith 650).
9 인류 전체와 창조 전체의 영혼.

Upon the Annunciation and Passion Falling upon One Day. 1608

Tamely frail body' abstain today; today

My soul eats twice, Christ hither and away.

She sees him man, so like God made in this,

That of them both a circle emblem is,

Whose first and last concur; this doubtful day

Of feast or fast, Christ came, and went away;

She sees him nothing twice at once, who is all;

She sees a cedar plant itself, and fall,

Her maker put to making, and the head

Of life, at once, not yet alive, yet dead;

She sees at once the Virgin mother stay

Reclused at home, public at Golgotha.

수태 고지와 수난이 겹쳐진 1608년 어느 날에[1]

연약한 육신이여, 순종하여, 오늘은 삼가라; 오늘

그리스도께서 여기 오셨다 가셨으니, 내 영혼에 두 번 양식이 되셨도다.

영혼은 그분을 인간으로 보고, 그렇게 하느님처럼 이 속에,

그들 둘 다를 하나의 원형으로 만들었다,[2]

시작과 종말이 일치하도록; 이 불가사의한 날

축제일 혹은 금식일에, 그리스도께서 오셨다 가셨다;

영혼은 모두이신 그분을 두 번 동시에 아무것으로도 보지 못한다;[3]

영혼은 삼나무[4] 자체가 넘어지는 것을 본다,

그녀의 창조주는 만들기에 전념하고, 생명의

머리는 아직 살지도 않았는데 동시에 죽어 있도다;

영혼은 동정녀 성모가 집에서

은거함을, 동시에, 골고다[5] 공중 앞에 나타남을 본다.

1 천사 가브리엘이 동정녀 마리아에게 그리스도가 육신으로 잉태할 것을 알린 성 수태 고지
일은 매년 축일로 3월 25일인데, 공교롭게도 1608년 성 금요일(예수의 수난일, 부활절 전의
금요일)이 같은 날로 겹쳐졌었다.
2 원형은 하나님의 상징으로서 완벽과 무한을 의미한다. 원은 또한 그리스도가 인간으로서 그
의 시작과 끝이 하나로 만나는 이 날(성 수태 고지와 수난이 겹쳐진 날)을 뜻한다.
3 인간은 탄생 이전에 아무것도 아니고(無), 또한 죽은 후에 아무것도 아니다(無). 그러나 여
기서 그리스도는 동시에 '없음(無)'이었다(Smith 650).
4 삼나무는 그리스도와 그의 왕국의 상징이다. "내가 또 백향목(삼나무) 꼭대기에서 높은 가
지를 취하여 심으리라. 내가 그 높은 새 가지 끝에서 연한 가지를 꺾어 높고 빼어난 산에 심
으리니……"(에스겔 17장 22절).
5 그리스도가 십자가에 못박힌 곳.

Sad and rejoiced she 's seen at once, and seen

At almost fifty, and at scarce fifteen.

At once a son is promised her, and gone,

Gabriel gives Christ to her, he her to John;

Not fully a mother, she's in orbity,

At once receiver and the legacy;

All this, and all between, this day hath shown,

Th' abridgement of Christ's story, which makes one

(As in plain maps, the furthest west is east)

Of the angels Ave, and Consummatum est.

How well the Church, God's court of faculties

Deals, in some times, and seldom joining these;

As by the self-fixed pole we never do

성모는 슬픔과 기쁨을 동시에 보이고, 그리고

거진 오십 세로 또 겨우 십오 세로도 보인다.

곧 독생자가 그녀에게 약속되어지고는 사라졌다,

천사 가브리엘은 그리스도를 성모께, 그분은 그녀를 요한에게 주신다;[6]

채 완전한 어머니가 아닌 그녀는 사별(死別)을 겪고,[7]

상속자인 동시에 유산이 되었다;

이 모든 것, 그리고 그 사이의 모든 것을, 이 날은 보여주었다,

그리스도 이야기의 요약을, 하나로 만들도다

(평면 지도에서, 가장 먼 서쪽은 동쪽이듯이)

천사들의 만세와 다 이루었도다란 말을.[8]

하느님 권능의 궁전인 교회가 때로는 얼마나

이들을 잘 처리하면서도 좀체로 연결시키지 못하누나;[9]

혼자 고정된 극점으로는 우리는 결코

---

6 "예수께서 그 모친과 사랑하는 제자가 곁에 섰는 것을 보시고 그 모친께 말씀하시되 여자여 보소서 아들이니이다. 또 제자에게 이르시되, 보라 네 어머니라 하신대 그 때부터 그 제자가 자기 집으로 모시니라"(요한복음 19장 26~27절).

7 독생자 예수를 여읜 슬픔.

8 성 수태 고지일에 천사가 마리아에게 한 인사말 만세(Ave)와 그리스도가 십자가 위에서 한 마지막 말, 다 이루었도다(Consummatum est).

9 성 수태 고지와 예수의 수난을 때로는 결합시키는 교회의 지혜; 그러나 대체로 그렇지 못함을 빙자한 말.

Direct our course, but the next star thereto,

Which shows where the'other is, and which we say

(Because it strays not far) doth never stray;

So God by His Church, nearest to him, we know,

And stand firm, if we by her motion go;

His Spirit, as his fiery pillar doth

Lead, and his Church, as cloud; to one end both:

This Church, by letting those days join, hath shown

Death and conception in mankind is one:

Or 'twas in him the same humility,

That he would be a man, and leave to be:

Or as creation he had made, as God,

With the last judgment, but one period,

우리 길을 정하지 못하지만, 그 바로 이웃 별 북극성[10]이,

다른 별이 있는 곳을 알려 주고, 그리고 우리는 말하기를

(그 별은 멀리 빗나가지 않기 때문에) 결코 길을 잃지 않듯이;

그처럼 하느님을 그분 가장 가까이 있는 교회에 의해, 우리가 알고,

그리고 굳건히 서 있다, 우리가 별의 움직임에 따라간다 하여도;

그분의 성령은, 그분의 불기둥이 이끌 듯이[11]

그리고 그분의 교회는, 구름같이 둘 다 하나의 목적으로 인도한다:[12]

이 교회는, 이 날들[13]을 결합시킴으로써, 보여주었다

죽음과 잉태가 인간에게는 하나임을:

아니면 하느님 안에선 동일한 겸손임을,

그분이 인간이어야 함과 인간이기를 떠나야 함이:

혹은 그분께서 만드신 창조물로서, 하느님으로서,

마지막 심판과 함께 오직 하나의 기간으로,[14]

---

10 북극성: 선원들을 인도하는 별로서 사실상 북극의 정점이 아니고, 그보다는 1도 가량 극점에서 떨어져 있다. 북극성은 바로 북극 위에 위치하진 않지만 그래도 우리를 인도하는 최선의 안내별이다.

11 하느님께서는 이스라엘 사람들을 이집트에서 구름기둥과 불기둥으로 인도해내셨다. "여호와께서 그들 앞에 행하사 낮에는 구름기둥으로 그들의 길을 인도하시고, 밤에는 불기둥으로 그들에게 비춰사 주야로 진행하게 하시니"(출애굽기 13장 21절).

12 "여호와께서 모세에게 이르시되 내가 빽빽한 구름 가운데서 네게 임함을 내가 너와 말하는 것을 백성으로 듣게 하여 너를 영원히 믿게 하려 함이라"(출애굽기 19장 9절).

13 성 수태 고지일인 축일과 예수 수난의 성 금요일인 금식일 두 날들을 말함.

14 한 점의 시간: 동일한 순간(하느님은 시간 밖에 계시므로 시작과 끝을 함께 보신다).

His imitating spouse would join in one
Manhood's extremes: he shall come, he is gone:
Or as though one blood drop, which thence did fall,
Accepted, would have served, he yet shed all;
So though the least of his pains, deeds, or words,
Would busy a life, she all this day affords;
This treasure then, in gross, my soul, uplay,
And in my life retail it every day.

그분의 모방하는 배우자[15]는 하나로 결합하리라

성년의 양 극단을:[16] 그분은 오실 것인데, 지금은 가셨다:

또는 한 방울의 피가 떨어지듯이, 거기서부터 떨어졌고,

용납되어,[17] 봉사했듯이, 그분은 여전히 모든 피를 흘리신다;

그러니 그분 최소한의 고통, 행위, 혹은 말씀이,

한 인생을 바쁘게 하겠지만,[18] 영혼은 이 하루를 모두 바친다;

그래서 이 보물을, 내 영혼이 도매로 사놓고는,[19]

내 평생 동안 그 보물을 소매하고 있다.

---

15 그리스도를 모방하는 그리스도의 신부인 교회.
16 한 남성의 성년에 이르기까지 처음과 끝(예수의 생애를 은유함).
17 (a) 하나님께서 이를 충분한 것으로 용납하신 것.
  (b) 우리가 우리 구원의 수단으로 이를 용납하고 우리 자신을 그리스도께 바치는 것(Smith 652).
18 한 사람의 일평생을 전념하게 하다.
19 미래를 위하여 '총체'로 저장하여 두다. "오직 너희를 위하여 보물을 하늘에 쌓아 두라······ 네 보물 있는 그 곳에 네 마음도 있느니라"(마태복음 6장 20~21절).

Good Friday, 1613. Riding Westward

Let man's soul be a sphere, and then, in this,

The intelligence that moves, devotion is,

And as the other spheres, by being grown

Subject to foreign motions, lose their own,

And being by others hurried every day,

Scarce in a year their natural form obey:

Pleasure or business, so, our souls admit

For their first mover, and are whirled by it.

Hence is't, that I am carried towards the west

This day, when my soul's form bends to the east.

There I should see a sun, by rising set,

And by that setting endless day beget;

But that Christ on this Cross, did rise and fall,

Sin had eternally benighted all.

1613년 성 금요일, 서쪽으로 말을 달리며

인간의 영혼이 천체이게 하라, 그러면, 그 안에서,

천체를 움직이는 천사가 헌신이니,[1]

그리고 다른 천체들처럼, 성장함으로써

다른 움직임에 예속되어,[2] 그들 자신의 운동을 상실하고,

또한 다른 천체들로 인하여 매일 서두르게 되니,

거의 일 년이 지나도 그들 본래의 형태[3]를 따르지 못한다:

쾌락이나 사업을, 우리 영혼이 그렇게 허용하고

그들 시동자로 인하여, 또한 우리 영혼이 빗나가도다.[4]

그러므로 내가 서쪽을 향해 기울어져 있다

오늘, 내 영혼의 형태가 동쪽을 향해 굽어져 있는 때에.

거기서 나는 태양이, 떠오름으로써, 지는 것을 보아야 하며,

그리고 해 짐으로써 끝없이 낮이 생긴다;

그러나 그리스도가 십자가에 올랐다가 내리지 않았다면,

죄는 영원토록 만물을 밤이 되게 하였으리라.

---

1 천체가 그 속에서 천사에 의해 움직여지듯이 헌신(예배)이 인간의 영혼을 움직인다. 그러므로 인간의 영혼을 인도하는 헌신은 천체를 움직이는 천사에 해당한다.

2 천체가 외부의 힘으로 인해 그들 자체의 적합한 움직임을 잃게 되듯이; 프톨레마이오스의 천동설에 의하면 더 낮은 천구는 더 높은 천구의 움직임으로 영향을 받아 동쪽으로 향한 움직임을 상실한다. 그러나 일 년 주기로 다시 서쪽에서 동쪽으로 향하는 움직임을 되찾게 된다.

3 본래 천체와 움직이는 원칙.

4 우리 영혼은 하느님께로 향한 헌신으로 움직이며 영향받지 않고 쾌락이나 사업으로 영향을 받아 비틀거린다. 여기서 시동자는 영혼을 방황하게 하는 힘으로 쾌락이나 사업을 암시한다.

Yet dare I' almost be glad, I do not see

That spectacle of too much weight for me.

Who sees God's face, that is self life, must die;

What a death were it then to see God die?

It made his own lieutenant Nature shrink,

It made his footstool crack, and the sun wink.

Could I behold those hands, which span the poles,

And turn all spheres at once, pierced with those holes?

Could I behold that endless height which is

Zenith to us, and to'our antipodes,

Humbled below us? or that blood which is

그렇지만 내가 보지 못한 것을 나는 감히 기뻐하노라

그 광경은 내게 너무나도 감당키 어려운 짐이었으니.

하느님의 얼굴, 생명 자체를 본 자는 죽어야만 한다;[5]

그런데 하느님이 죽는 것을 보는 것은 어떤 죽음이었을까?

그건 그분 자신의 부관인 자연을 위축시켰고,

그건 그분의 발판을 갈라지게 하고, 태양이 눈을 깜빡이게 했다.[6]

내가 양극을 한 뼘으로 재는 두 손을 볼 수 있을까,

그리고 구멍들로 꿰뚫린 채, 모든 천체를 동시에 조율하는 손들을?[7]

내가 그 무한한 높이를 볼 수 있을까

우리에게 천장이자, 또 우리 정반대편의 사람들에게도,[8]

우리 아래로 낮추신 것을? 아니 그 보혈을

---

5 "네가 내 얼굴을 보지 못하리니 나를 보고 살 자가 없음이니라"(출애굽기 33장 20절).

6 "하늘은 나의 보좌요, 땅은 나의 발등상이니……"(이사야 66장 1절); 지구는 하느님의 발판이다. 마태복음 27장 51절에 보면 그리스도가 죽는 순간 지진이 일어났고 45절에는("제 육시로부터 온 땅에 어두움이 임하여 제 구시까지 계속하더니") 그리스도가 십자가에 못박힌 때 일식이 있었음을 말하고 있다.

7 로마 질(Roma Gill)에 의하면 피사의 캄포산토 북쪽 건물에 14세기 벽화를 사진 찍어 보여주는데, 원형이 파문형의 연속으로 그려진 우주는 가운데 지구에서부터 4원소의 천구와 행성들과 천계의 위계를 통해서 창조의 가장 높은 단계로 움직인다. 하느님은 정점에서 시동자로서, 두 팔을 벌려 천체를 감싸고 그의 두 손은 양 쪽의 천체 조직을 단단히 쥐고 있다. 그의 자태는 십자가 위의 그리스도와 꼭 같다(Smith 654).
    십자가 상에서 그리스도의 양 손이 못박히어 뚫린 구멍을 암시한다.

8 하느님은 우리에게 가장 높은 정점이고 동시에 지구의 반대편에 사는 사람들에게도 마찬가지다.

The seat of all our souls, if not of his,

Made dirt of dust, or that flesh which was worn,

By God, for his apparel, ragged and torn?

If on these things I durst not look, durst I

Upon his miserable mother cast mine eye,

Who was God's partner here, and furnished thus

Half of that sacrifice, which ransomed us?

Though these things, as I ride, be from mine eye,

They are present yet unto my memory,

For that looks towards them; and thou look'st towards me,

O Saviour, as thou hang'st upon the tree;

I turn my back to thee, but to receive

우리 모든 영혼의 자리로, 그분 영혼의 자리가 아니더라도,[9]

흙의 먼지를 만들거나, 혹은 하느님에 의해

옷 입혀진 저 육신을, 그분의 옷이, 누더기로 찢긴 것을?

만약 이런 것들을 내가 감히 보지 못했다면, 감히 내가

그의 참담한 어머니에게 내 시선을 던질 수 있을까,

누가 이 곳에서 하느님의 동반자였고, 그리고 이렇게

우리 몸값을 치른 그 희생의 절반을 제공했는가?[10]

비록 이런 일들이, 내가 말을 타고 가는데, 내 시야에서 떨어져 있지만,[11]

그것들은 아직 내 기억 속에[12] 존재한다,

그 기억이 그들을 바라보고 있기에; 또한 당신께서 저를 바라보시나
이다,

오 구세주여, 당신이 십자가에 매달렸을 때;

나는 당신께 등을 돌리지만, 교정의 처벌을

---

9 그리스도의 피가 자신의 영혼의 자리였건 아니었건 간에(Smith 654).
10 (a) 그리스도를 잉태함으로써 성모 마리아는 우리 몸값을 위하여 아들을 희생하는 데 하
　　느님과 몫을 나누었고;
　　(b) 십자가 위에서의 아들의 고통을 보는 슬픔으로 아들의 구원의 희생을 함께 나누셨다
　　(Smith 655). 우리 몸값을 치르는 데 성모는 어머니로서 아버지이신 하느님과 절반씩
　　나누셨고, 그리스도의 희생에 동참하여 또한 그 절반을 나누었다.
11 시인은 지금 예수의 십자가가 세워졌던 동쪽이 아니라 서쪽으로 향하고 있다.
12 기억은 마음의 뒤편에 있어서 동쪽을 향하고 있고 십자가의 고난을 바라보고 있다.

Corrections, till thy mercies bid thee leave.

O think me worth thine anger, punish me,

Burn off my rusts, and my deformity,

Restore thine image, so much, by thy grace,

That thou mayst know me, and I'll turn my face.

받아들이나이다, 당신의 자비가 당신을 떠나라 명할 때까지.[13]

오 저를 당신의 분노에 마땅케 생각하사, 저를 벌하소서,

저의 녹슴과, 저의 결함을 불태워 버리소서,

당신의 형상을 그처럼 돌려 주소서, 당신의 은총으로,[14]

당신께서 저를 알아보시도록, 저도 제 얼굴을 돌리겠나이다.[15]

---

13 자비가 멈출 때까지.

14 (a) 나로부터 숨겨져 있는 당신의 고통의 형상을 보여주소서,

   (b) 내 결함의 죄를 태워 버려서 당신의 형상과 유사하게 회복시켜서, 다시금 당신처럼 보이게 하소서(Smith 655).

15 시인은 지금 서쪽을 향해 말을 달리고 있으므로 결국은 동쪽에(둥근 지구 위에서 가장 먼 서쪽은 동쪽과 일치한다) 다다르게 될 것이다; 그는 태양의 경로를 따르고 있는 셈이다. 처음 그가 여행을 시작할 때는 깨닫지 못했지만, 그리고 "내 안에 있는 당신 모습을 봄으로써 나를 알아보게 되도록 그리스도를 향해 나는 얼굴을 돌릴 것이다."

A Litany

I
The Father

Father of heaven, and him, by whom
It, and us for it, and all else, for us
  Thou mad'st, and govern'st ever, come
And re-create me, now grown ruinous:
    My heart is by dejection, clay,
    And by self-murder, red.
From this red earth, O Father, purge away
All vicious tinctures, that new fashioned
I may rise up from death, before I am dead.

연도(連禱)[1]

I
성부

　하늘에 계신 아버지, 그리고 그리스도를, 그리스도에 의한
하늘을, 그리고 하늘을 위해 우리를, 그리고 그 밖의 모든 것을, 우리
를 위해
　당신은 만드셨고, 항상 다스리시니, 오셔서
이제 타락한 저를 다시 만들어 주소서:
　　　제 가슴은 낙심으로, 진흙이 되었고,
　　　그리고 스스로 살해함에, 핏빛이 되었습니다.
이 붉은 땅[2]에서, 오 아버지시여, 깨끗이 해주소서
모든 사악한 오점들을, 새로 만드셔서
제가 죽기 전에, 죽음에서 일어설 수 있게 해주소서.

---

1 공중의 기도 형식으로, 대체로 속죄와 탄원의 내용이고, 성직자가 인도하고 회중이 답하는
　양식이다.
2 아담의 이름을 암시하며 히브리어로 '붉다'('adom')라는 말에서 파생되었으며, 아담은 '붉
　은 땅'을 의미한다.

II
The Son

O Son of God, who seeing two things,
Sin, and death crept in, which were never made,
 By bearing one, tried'st with what stings
The other could thine heritage invade;
 O be thou nailed unto my heart,
 And crucified again,
Part not from it, though it from thee would part,
But let it be by applying so thy pain,
Drowned in thy blood, and in thy passion slain.

II
성자

　오 하느님의 아들이시여, 두 존재들,
죄와 죽음이, 결코 만들어진 바 없이, 기어듦을 보고는,
　죽음을 짊어지심으로써, 어떠한 고통으로
죄가 당신의 유산을 침범할 수 있는지를 시험하셨나이다;
　　　오 당신께서 제 마음에 못박히시어,
　　　또다시 십자가를 지소서,
제 마음에서 떠나지 마소서, 비록 제 마음이 당신을 떠날지라도,
그러나 제 마음이, 그렇게 당신의 고통을 가함으로써,
당신의 피 속에 잠겨서, 당신의 열정 속에 죽게 하소서.

III

The Holy Ghost

O Holy Ghost, whose temple I
Am, but of mud walls, and condensed dust,
   And being sacrilegiously
Half wasted with youth's fires of pride and lust,
      Must with new storms be weatherbeat;
      Double in my heart thy flame,
Which let devout sad tears intend; and let
(Though this glass lanthorn, flesh, do suffer maim)
Fire, sacrifice, priest, altar be the same.

II
성신

　오 성신이시여, 저는 성전[1]이나
다만 진흙으로 된 벽이고, 압축된 먼지요,
　또한 신성모독적으로
오만과 욕정의 젊음의 불길로 절반이 소모되었으니,
　　새로운 폭풍[2]에 시달려야 합니다;
　　제 가슴 속에 당신의 불길을 배로 늘리소서,
경건한 슬픔의 눈물이 흐르게 하소서; 그리고
(비록 이 유리등[3]인 육신이 불구의 고통을 겪을지라도)
불, 희생, 사제, 제단이 똑같이 되게 하소서.[4]

---

1 "너의 몸은 너희가 하나님께로부터 받은 바 너희 가운데 계신 성령의 성전인 줄을 알지 못
　하느냐……"(고린도전서 6장 19절).
2 질병이나 아픔.
3 전등갓을 씌운 유리등; 유리로 인해 하느님의 빛의 이미지가 변화될 수 있고, 또한 깨지기
　쉬운 연약한 육신을 암시한다.
4 열병으로 폭풍에 성전이 파괴된다 해도 신앙은 변함없기를 바라고 있다.

IV

The Trinity

O Blessed glorious Trinity,
Bones to philosophy, but milk to faith,
   Which, as wise serpents, diversely
Most slipperiness, yet most entanglings hath,
      As you distinguish'd, undistinct,
      By power, love, knowledge be,
Give me a such self different instinct,
Of these let all me elemented be,
Of power, to love, to know you unnumbered three.

IV
삼위일체

오 축복받은 영광의 삼위일체여,
철학에는 뼈대가 되나, 신앙에는 젖이 되며,[1]
　지혜로운 뱀들처럼, 여러 가지로
가장 미끄러우면서도, 또한 가장 얽혀 있기에,[2]
　　　마치 당신께서 구별되시는 일체가,[3]
　　　권능, 사랑, 지혜에 의한 것이듯,[4]
제게 그런 스스로 다른 천성을 주소서,[5]
제게 이 모든 요소를 갖추게 하소서,
권능, 사랑, 지식의 순위 없는 당신 셋을.

---

1 삼위일체는 나눌 수 없는 사랑의 근본이자 신앙의 부드러운 영양소이다.
2 뱀은 지혜의 상징으로, 삼위일체에서 파악하기 어려운 사상과 함축성의 이질적 특성을 비유하고 있다.
3 세 가지로 구별되지만 또 하나로서 구별이 없는 삼위일체.
4 성부('권능'), 성자('사랑'), 성신('지식')의 특성들.
5 여러 가지 요소로 구성되어 있으나 한 가지 본성과 목적을 가진 것(Smith 638).

V

The Virgin Mary

For that fair blessed mother-maid,
Whose flesh redeemed us; that she-cherubin,
    Which unlocked Paradise, and made
One claim for innocence, and disseized sin,
        Whose womb was a strange heaven, for there
        God clothed himself, and grew,
Our zealous thanks we pour. As her deeds were
Our helps, so are her prayers; nor can she sue
In vain, who hath such titles unto you.

V
성모

그토록 아름답고 축복받으신 동정녀 성모여,
당신의 육신이 우리를 구원하였습니다; 저 여 천사께서,
천국의 문을 여시고, 그리고 무죄[1]
하나만을 요구하셨고, 또한 죄를 물리쳤습니다,
그분의 자궁은 이상한 천국이 되었습니다, 거기서
주께서 스스로 옷을 입으시고, 자라셨으므로,
우리는 열렬한 감사의 말을 쏟아냅니다. 성모의 공적이
우리의 도움이 된 것처럼, 성모의 기도 또한 그러합니다; 성모께서는
헛되이 간청하심이 없습니다, 주께 응분의 권리를 가지셨습니다.[2]

---

1 성모 스스로는 아무런 죄를 범한 일이 없다, 원죄로부터 자유로운지 아닌지를 떠나서 (Smith 639).
2 '성모' 또는 '동정녀 마리아' 등의 명칭은 주를 잉태함에서 얻은 것이니, 주께 대한 마땅한 권리들이다.

VI

The Angels

And since this life our nonage is,
And we in wardship to thine angels be,
   Native in heaven's fair palaces,
Where we shall be but denizened by thee,
      As th' earth conceiving by the sun,
      Yields fair diversity,
Yet never knows what course that light doth run,
So let me study, that mine actions be
Worthy their sight, though blind in how they see.

VI
천사들

    이승의 삶은 우리의 미성년기이므로,
우리는 당신의 천사들 보호 아래 있으며,
    천사들이 태어난 천국의 아름다운 궁전에서,
우리는 다만 주에 의해 거기에 거할 허가를 받을 것입니다,
      마치 대지가 태양에 의해 수태되고,[1]
      온갖 아름다운 것을 낳아도,
그 빛이 어떤 경로를 달리는지 결코 알지 못하듯,[2]
저로 하여금 명상케 하여, 저의 행동들이
천사들 보기에 합당케 하소서, 저들이 어떻게 보는지 볼 수 없다 하
여도.[3]

---

1 태양은 대지를 잉태해서 열매 맺게 한다고 생각되었다(Smith 639).
2 태양빛이 결국에 실제로 어떤 작용을 하는지.
3 천사들이 우리 행동을 어떻게 이해하는가를 알 수 없지만(Smith 639).

VII

The Patriarchs

    And let Thy patriarchs' desire

(Those great grandfathers of thy Church, which saw

    More in the cloud than we in fire,

Whom Nature cleared more, than us grace and law,

        And now in heaven still pray, that we

        May use our new helps right,)

Be satisfied, and fructify in me;

Let not my mind be blinder by more light

Nor faith by reason added, lose her sight.

VII
족장들[1]

당신의 족장들로 하여금 갈망케 하소서
(당신 교회의 그 위대한 시조들은,

우리가 불 속에서 본 것보다 구름 속에서 더 많은 것을 보았고,[2]
자연이 그들을 교화시킨 것이, 은총과 율법이 우리에게 한 것보다 많
으며,

또한 지금 천국에서 아직도 기도하고 있어서, 우리가

새로운 도움을 올바르게 사용할 수 있습니다,)
만족하게 하시어, 또한 제게서 열매를 맺으소서;
제 마음이 더 많은 빛으로 더 눈멀게 마옵시고
신앙에 이성을 더하여, 신앙의 시력을 잃지 말게 하소서.[3]

---

1 아브라함, 이삭, 야곱과 같은 유대 민족 구약의 시조들.
2 시조들은 우리가 신약에서 빛을 보는 것보다 구약의 어둠 속에서 더 잘 보았다. 하느님은 이
  스라엘 백성을 애굽에서 낮에는 구름기둥으로, 밤에는 불기둥으로 인도해내셨다; 그리고 두
  기둥들은 전통적으로 '구약'과 '신약'으로 해석된다(Smith 639).
3 우리는 그리스도의 출현으로 신앙보다는 이성의 근본을 가지게 되었다(Smith 640).

VIII

The Prophets

Thy eagle-sighted prophets too,
Which were thy Church's organs, and did sound
   That harmony, which made of two
One law, and did unite, but not confound;
      Those heavenly poets which did see
      Thy will, and it express
In rhythmic feet, in common pray for me,
That I by them excuse not my excess
In seeking secrets, or poeticness.

VIII
선지자들

    독수리의 시력을 지닌 당신의 선지자들도,
당신 교회의 풍금들이었고, 그리고 소리내었습니다
    그 조화를, 둘로 만들어진 것을[1]
하나의 율법으로, 그러나 혼란 없이, 통합하였습니다;
        이들 천국의 시인들은 내다보았습니다
        당신의 뜻을, 그리고 그 뜻을 표현했습니다
운율에 담아, 저를 위한 일상의 기도 속에,
제가 그들에 의해 저의 과도함을 면해 주지 않도록
은밀함이나 시심(詩心)을 추구할 적에.

---

[1] 선지자들은 그리스도의 강림을 예언하였다. 그래서 신성(神性)과 인성(人性)의 다른 성질의
두 성서들을 하나의 법률로 만들었다(Smith 640).

IX

The Apostles

   And thy illustrious zodiac
Of twelve apostles, which engirt this all,
   (From whom whosoever do not take
Their light, to dark deep pits, throw down, and fall,)
      As through their prayers, thou' hast let me know
      That their books are divine;
May they pray still, and be heard, that I go
The old broad way in applying; O decline
Me, when my comment would make thy word mine.

IX
사도들

　　당신의 빛나는 12궁도의[1]
12사도들이 만물을 감싸고,[2]
　　(그들로부터 누구든 그들의 빛을 취하지 않는 이는
어두운 심연으로 던져져서 추락할지니,)
　　　　그들의 기도를 통해서, 당신께서 제게 알게 하시듯
　　　　그들의 책들이 신성함을;
그들이 여전히 기도드리고, 응답받기를, 제가 갈 수 있도록
그 오래된 큰 길을 적응하여;[3] 오 저를 겸허하게
하소서, 저의 해설이 당신의 말씀을 저의 것으로 만들 때에는.[4]

---

1 태양의 궤도인 황도를 중심으로 한 상상적인 황도대로 이를 12등분하고 거기에 별자리를
　배치하여 황도 12궁(signs of the Zodiac)이라 불렸다.
2 그리스도의 12제자들은 12궁도가 우주를 감싸듯이, 전세계를 여행지로 삼았다(Smith 640).
3 성경을 해석하는 데 있어서 전통적으로 곧고 바른 길.
4 하느님의 말씀을 해설하기보다 자신의 재주를 보이려고 추구할 때(Smith 640).

X
The Martyrs

    And since thou so desirously
Didst long to die, that long before thou couldst,
    And long since thou no more couldst die,
Thou in thy scatter'd mystic body wouldst
        In Abel die, and ever since
        In thine, let their blood come
To beg for us, a discreet patience
Of death, or of worse life: for oh, to some
Not to be martyrs, is a martyrdom.

X
순교자들

　　당신께서 그토록 열렬히 죽기를
갈망하셨으니,[1] 당신이 그리하실 수 있기 오래 전에,
　　그리고 오래도록 당신께서 더 이상 죽을 수 없게 된 이래로,
당신은 당신의 흩어져 있는 신비로운 육신[2]으로
　　　　아벨[3] 속에서 죽었고, 또한 그 이래로 내내
　　　　당신 안에서, 그들의[4] 피가 흘러와서
우리를 위해 간구하게 하소서, 분별력 있는 인내가
죽음 또는 보다 더 힘든 삶을 견디도록:[5] 오, 어떤 이에게는
순교자가 되지 않는 것이, 순교이기 때문입니다.

---

1 그리스도가 십자가에서 죽으심을 암시.
2 교회는 그리스도의 신비스런 육신으로 간주된다.
3 양치기로서 최초의 순교자(창세기 4장 2~8절), 형 카인에게 살해당함.
4 당신의 추종자들, 즉 기독교 순교자들.
5 죽음보다 더 힘든 삶을 견디는 인내력; 때로는 순교자가 되어 죽는 것보다 더 견디기 힘든
　순교일 수가 있다.

XI
The Confessors

Therefore with thee triumpheth there
A virgin squadron of white confessors,
  Whose bloods betrothed, not married were;
Tendered, not taken by those ravishers:
      They know, and pray, that we may know,
      In every Christian
Hourly tempestuous persecutions grow,
Temptations martyr us alive; a man
Is to himself a Diocletian.

XI
고해자들[1]

그러므로 당신과 함께 그 곳에서 승리할 것이오

순백의 고해자들의 순결한 무리는,[2]

그들의 피는 약혼하였고, 결혼하지 않았습니다;

이들 강탈자들에 의해 빼앗긴 것이 아니라, 제공되었습니다:

그들은 알고, 기도합니다, 우리가 알도록,

모든 기독교인 속에

매시간 광포한 박해가 자라고,

유혹이 우리를 산 채로 순교시킴을; 인간은

스스로에게 디오클레시안 같은 박해자입니다.[3]

---

1 박해와 고문에 굴하지 않고 자신들의 신앙을 맹세하고 지키는 자들로서, 순교의 고통은 당하지 않는 독실한 신자들. 던의 기상(conceit)으로는 그들은 결혼한 것이 아니라 약혼한 것이다(Smith 641).

2 "······이 사람들은 여자로 더불어 더럽히지 아니하고 정절이 있는 자라. 어린 양이 어디로 인도하든지 따라가는 자며 사람 가운데서 구속을 받아 처음 익은 열매로 하느님과 어린 양에게 속한 자들이니"(요한계시록 14장 4절). 흰 어린 양(그리스도)을 따르는 독실한 고해의 신자들(white confessors), 정절을 지킨 신자들 무리(virgin squadron).

3 로마의 기독교 박해자 디오클레시안 황제는 A.D. 303년에 기독교도들에게 직접 박해를 가했고 그가 퇴위하는 A.D. 305년까지 박해를 계속했다.

XII

The Virgins

The cold white snowy nunnery,
Which, as thy Mother, their high abbess, sent
  Their bodies back again to thee,
As thou hadst lent them, clean and innocent,
     Though they have not obtained of thee,
     That or thy Church, or I,
Should keep, as they, our first integrity;
Divorce thou sin in us, or bid it die,
And call chaste widowhead virginity.

XII
수녀들

눈처럼 차고 흰 수녀원은,

당신의 어머니[1]처럼, 그들의 높은 수녀원장이

   그들의 육신을 당신께로 다시 돌려보냈습니다.

당신께서 그들을 깨끗하고 순결하게 빌려 준 대로,

    비록 그들이 당신을 얻지는 못했지만,[2]

     수녀원이나 혹은 당신의 교회, 혹은 제가,

그들처럼, 우리들 처음의 순수함을 유지해야 합니다;

당신이 우리에게서 죄를 이혼시키소서, 아니면 죄가 죽도록 명하소서,

그리고 정절을 지켜 과부됨을[3] 동정이라 부르소서.

---

1 그리스도를 바치신 성모 마리아처럼.

2 그리스도로부터 교회를 지키고 또한 시인을 독신으로 지킬 은총을 받지는 못했지만(왜냐하면 교회는 분리되고 더럽혀졌고, 시인은 죄인으로 결혼하였기 때문에)(Smith 641).

3 (a) 그리스도께서 죄로부터 분리시킨 상태(Smith 641).

  (b) 그리스도(혹은 하느님)께 몸과 마음을 바쳐 혼인한 상태이나, 그리스도께서 십자가에서 죽으시고, 부활 승천하셨으므로, 이 세상에서 잠정적으로 정절을 지켜 홀로 된(과부상태) 몸으로 한 번도 죄와 결부된 적이 없는 고로 '동정'(혹은 '순결')이라 부를 수 있다.

XIII

The Doctors

    Thy sacred academe above

Of Doctors, whose pains have unclasped, and taught

    Both books of life to us (for love

To know thy Scriptures tells us, we are wrought

        In thy other book) pray for us there

        That what they have misdone

Or mis-said, we to that may not adhere;

Their zeal may be our sin. Lord let us run

Mean ways, and call them stars, but not the sun.

XIII
박사들[1]

 당신의 신성한 학문은 박사들 위에
있으며, 그들 수고로 쬠쇠를 풀고, 가르쳤습니다.
 우리에게 생명의 두 책들을[2] (왜냐하면
당신의 성서 알기를 사랑함은 우리에게 이르나니, 우리가 쓰여 있음을
당신의 다른 책[3] 속에) 그 곳의 우리를 위해 기도해 주소서
그들이 잘못한 것이나
잘못 말한 것에, 우리가 집착하지 않도록;
 그들의 열성은 우리의 죄가 될 수 있습니다. 주여 우리로 하여금 중
도를[4]
 달리게 하시고, 그들을 태양이 아니라 별들이라 부르게 하소서.

1 위대한 기독교 신학자들.
2 구약과 신약 성서.
3 구원받은 자들(선택된 자들)의 명부.
4 과도한 방식이 아니라 겸허한 중용의 길.

XIV

And whilst this universal choir,
That Church in triumph, this in warfare here,
   Warmed with one all-partaking fire
Of love, that none be lost, which cost thee dear,
      Prays ceaselessly, and thou hearken too,
      (Since to be gracious
Our task is treble, to pray, bear, and do)
Hear this prayer Lord: O Lord, deliver us
From trusting in those prayers, though poured out thus.

XIV

　그리고 이 만민의 성가대가,
저 승리의 교회를,[1] 이 곳 전쟁 중의 교회를,[2]
　모두가 공유하는 하나의 사랑의 불로 따뜻하게 하는 동안
아무도 길을 잃지 않도록, 이는 당신께 값비싼 대가를 치르게 함이니,
　　끊임없이 기도하고, 그러면 당신께서도 들으시리니,
　　　(은혜를 받으려는
우리의 임무는 삼중으로, 기도하고, 인내하고, 행함이므로)
이 기도를[3] 들어 주소서 주여: 오 주여 우리를 구원하소서
이런 기도들을 믿는 것으로부터,[4] 이렇게 토해내고 있다 하여도.

---

[1] 천상의 교회.
[2] 지상의 교회.
[3] 만민의 보편적인 기도에 첨가하는 이 특별한 기도.
[4] 교회의 보편적 기도에 의존함으로써 고통과 실천에 대한 우리의 맹세를 등한시하지 않도록
　　(Smith 642).

XV

From being anxious, or secure,
Dead clods of sadness, or light squibs of mirth,
   From thinking, that great courts immure
All, or no happiness, or that this earth
      Is only for our prison framed,
      Or that thou art covetous
To them whom thou lov'st, or that they are maimed
From reaching this world's sweet, who seek thee thus,
With all their might, Good Lord deliver us.

XV

　근심이나 소홀함으로부터

죽을 지경으로 무거운 슬픔이나, 가벼이 터져 나오는 즐거움으로부터,

　위대한 궁전들이 모든 행복을 감금하고 있다거나,

혹은 아무런 행복이 없다거나, 또는 이 땅은

　　　오직 우리의 감옥으로 꾸며졌다는 생각으로부터,

　　　혹은 당신께서 시기하신다거나[1]

당신이 사랑하는 저들에게, 또는 저들이 차단되거나

이 세상의 쾌락에 이름으로부터, 저들은 당신을 이렇게 찾습니다,

저들의 온 힘을 다하여, 선함이신 주여 우리를 이런 생각에서 구해 주소서.

---

1 하느님은 사람들이 세속적인 일을 존중하는 것을 싫어하신다(그분은 인간의 모든 사랑을 질시하듯이 자신을 위한 것으로만 원하시기 때문이다)(Smith 642).

XVI

From needing danger, to be good,
From owing thee yesterday's tears today,
    From trusting so much to thy blood,
That in that hope, we wound our soul away,
        From bribing thee with alms, to excuse
        Some sin more burdenous,
From light affecting, in religion, news,
From thinking us all soul, neglecting thus
Our mutual duties, Lord deliver us.

XVI

　선하기 위하여, 위험을 필요로 하는 것으로부터,
어제의 눈물을 오늘 당신께 빚지는 것으로부터,
　당신의 피에 너무 많이 의존하는 것으로부터,
그런 희망 속에서, 우리가 우리 영혼에 상처를 입혀서,
　　　자선으로 당신을 매수하려는 것으로부터,
　　　보다 부담스러운 어떤 죄를 면하기 위해,
종교에 새 소식으로 영향을 끼치는 빛으로부터,[1]
우리 모두를 영혼이라 생각하여, 이토록 우리들 서로에 대한
의무를 소홀히 하는 것으로부터,[2] 주여 우리를 구하소서.

---

1 개인의 종교에 혁신적인 사상이나 새로운 사건들로 파문을 일으키는 종교적인 변화들.
2 정신뿐 아니라 육체인 인간으로서 우리가 상호간에 지켜야 할 의무들.

XVII

From tempting Satan to tempt us,
By our connivance, or slack company,
From measuring ill by vicious,
Neglecting to choke sin's spawn, vanity,
From indiscreet humility,
Which might be scandalous,
And cast reproach on Christianity,
From being spies, or to spies pervious,
From thirst, or scorn of fame, deliver us.

XVII

유혹하는 사탄이 우리를 유혹하는 것으로부터,

우리의 묵계나, 혹은 문란한 친구로 인해,

　악덕으로 죄악을 가늠하여,[1]

죄가 허영을 산란하는 것을 막는 데 소홀함으로부터,

　　　무분별한 겸양으로,

　　　추문을 일으키거나,

기독교에 비난을 던질 수 있는 일로부터,[2]

스파이가 되거나, 혹은 스파이를 묵과하는 것으로부터,

명예에 대한 갈증이나 조롱으로부터, 우리를 구하소서.

---

1 어떤 죄악들이 훨씬 나쁘다고 하며 우리의 작은 죄들을 별로 나쁘지 않게 생각하는 것.
2 기독교인들이 무분별하게 자신들을 비하한다면 기독교 자체가 쓸모없는 종교로 비난받을
　수 있다.

XVIII

    Deliver us for thy descent
Into the Virgin, whose womb was a place
    Of middle kind; and thou being sent
To ungracious us, stayed'st at her full of grace,
        And through thy poor birth, where first thou
        Glorified'st poverty,
And yet soon after riches didst allow,
By accepting Kings' gifts in the Epiphany,
Deliver, and make us, to both ways free.

XVIII

주께서 강림하심으로써 우리를 구하소서
동정녀 속으로, 그 자궁은
　　중간지역[1]이었고; 그리고 당신께서 은혜를 모르는
우리에게로 보내지셨고, 성모의 충만한 은혜 가운데 거하셨으니,
　　　　당신의 비천한 출생을 통하여, 처음으로 당신은
　　　　가난을 영광되게 하셨습니다,
그리고 곧 부를 인정하셨습니다,
공현 축일에 제왕들의 선물을 받으심으로,
우리를 구원하사, 우리를 두 길에서 자유롭게 하소서.[2]

---

1 지상과 천상의 중간지역, 신과 인간의 중간.
2 가난하건 부자이건, 영혼이 구원받는 문제와는 무관하다는 생각.

XIX

And through that bitter agony,
Which is still the agony of pious wits,
   Disputing what distorted thee,
And interrupted evenness, with fits,
        And through thy free confession
        Though thereby they were then
Made blind, so that thou mightst from them have gone,
Good Lord deliver us, and teach us when
We may not, and we may blind unjust men.

XIX

그 쓰디쓴 고뇌[1]를 통하여,

이는 아직도 경건한 현인들의 고뇌이오니,

논쟁을 벌이며 당신을 왜곡한 것과,

평정을[2] 방해한 것을 두고, 열을 올리며,

그리고 당신의 자유로운 고백[3]을 통하여

비록 그로 인해 그들은 그 때

눈멀었고, 그래서 당신은 그들로부터 떠나셨을지 모르나,

선함이신 주여 우리를 구하소서, 그리고 우리에게 언제

부정한 자들을 눈멀게 해도 되는지,[4] 안 되는지를 가르치소서.

---

1 그리스도의 고뇌는 아직도 경건한 신학자들의 고민에 찬 토론의 주제가 되고 있다.

2 (a) 그리스도의 평정을 고통의 경련으로 깨뜨렸다.

  (b) 건강하고 평온한 성품을 차고 뜨거운 발작으로 바꾸어 우리에게 질병의 유산을 남겨 주었다.

  (c) 조화의 원칙을 부수어 창조 자체를 파괴했다(Smith 643).

3 "예수께서 그 당할 일을 다 아시고 나아가 가라사대 너희가 누구를 찾느냐 대답하되 나사렛 예수라 하거늘 가라사대 나니라 하시니라. 그를 파는 유다도 저희와 함께 섰더라"(요한복음 18장 4~5절). 이 말을 듣고 병정들이 땅에 무릎을 꿇은 것은 보통 갑자기 눈이 멀었음을 의미하며, 그리스도가 만약 원하셨다면 도망치셨을 수도 있었다(Smith 643).

4 진리에 역행하는 자를 고의적으로 속이는 것.

XX

Through thy submitting all, to blows
Thy face, thy clothes to spoil, thy fame to scorn,
  All ways, which rage, or justice knows,
And by which thou couldst show, that thou wast born,
      And though thy gallant humbleness
      Which thou in death didst show,
Dying before thy soul they could express,
Deliver us from death, by dying so,
To this world, ere this world do bid us go.

XX

　　당신께서 모든 일을 감수하심으로, 욕 보여진

당신의 얼굴, 더렵혀진 당신의 옷, 조롱받은 당신의 명예,

　　분노케 하는 혹은 정의가 아는 모든 방법들,

그리고 그것으로 당신께서 보여줄 수 있었습니다, 당신이 태어나셨

음을,[1]

　　　　또한 당신의 훌륭한 겸손을 통하여

　　　　당신은 죽음으로 보여주셨습니다,

그들이 당신의 영혼을 물리치기 전에 죽으심으로,[2]

우리를 죽음에서 구하소서, 그렇게 죽음으로써,

이 세상에서, 이 세상이 우리를 가라고 명하기 전에.

---

1 그리스도는 우리들처럼 여자의 몸에서 사람으로 태어났음을.
2 그리스도는 원수의 무리들이 고문으로 그를 죽이기 전에 자신의 자유의지로 죽었다.

XXI

When senses, which thy soldiers are,
We arm against thee, and they fight for sin,
    When want, sent but to tame, doth war
And work despair a breach to enter in,
        When plenty, God's image, and seal
        Makes us idolatrous,
And love it, not him, whom it should reveal,
When we are moved to seem religious
Only to vent wit, Lord deliver us.

XXI

　감각들이 당신의 병사들일 때,

우리가 당신에게 대항하여 무장을 하고, 감각들은 죄를 위해 싸우고,

　궁핍이, 길들여지려고 보내졌는데, 전쟁을 하고

절망을 움직여 불화가 기어들 때,

　　　풍요, 신의 심상, 그리고 징표가

　　　우리에게 우상을 숭배하도록 만들어,

그것이 나타내야 할 그분이 아니라, 우상을 사랑할 때,

우리가 감동되어 독실하게 보이나

오직 재치만을 드러낼 때, 주여 우리를 구하소서.

XXII

In churches, when the infirmity
Of him that speaks diminishes the Word,
　When magistrates do mis-apply
To us, as we judge, lay or ghostly sword,
　　　When plague, which is thine angel, reigns,
　　　Or wars, thy champions, sway,
When heresy, thy second deluge, gains;
In th' hour of death, th' eve of last Judgment day,
Deliver us from the sinister way.

XXII

교회에서, 부족한 자가
주를 논하여 주의 말씀을 약화시킬 때,
판관들이 우리에게, 우리가 판단하듯
세속이나 혹은 종교상의 칼을 잘못 적용할 때,[1]
당신의 천사인 역병이 세력을 떨칠 때,
혹은 당신의 투사인 전쟁이 지배할 때,
당신의 두 번째 대홍수로 이교도들이 득세할 때;
죽음의 시간에, 최후의 심판일 전야에,
우리를 사악한 길에서 구하소서.

1 판사들이 세속적이거나 종교적인 법으로 우리를 부당하게 유죄 판결을 내린다고 생각할 때.

XXIII

Hear us, O hear us Lord; to thee
A sinner is more music, when he prays,
Than spheres, or angels' praises be,
In panegyric alleluias,
Hear us, for till thou hear us, Lord
We know not what to say.
Thine ear to our sighs, tears, thoughts gives voice and word.
O thou who Satan heard'st in Job's sick day,
Hear thyself now, for thou in us dost pray.

XXIII

들어 주소서, 오 들어 주소서 주여; 당신께
죄인이 기도할 땐 더욱 음악적이오니,
천체, 또는 천사들의 찬양이,
주 찬양가로 들리는 것보다,
들어 주소서, 당신께서 들어 주실 때까지, 주여
우리는 무엇을 말해야 할지 알지 못하기 때문입니다.
우리의 한숨, 눈물, 생각에 기울이시는 당신의 귀가 음성과 말을 주십니다.
오 욥이 병들었던 날에 사탄의 음성을 들으신 당신께서,[1]
이제 당신 자신의 소리를 들으소서, 우리 안에 당신이 기도하시는 때문입니다.

---

1 "사탄이 여호와께 대답하여 가로되 가죽으로 가죽을 바꾸오니 사람이 그 모든 소유물로 자기의 생명을 바꾸올지라. 이제 주의 손을 펴서 그의 뼈와 살을 치소서. 그리하시면 정녕 대명하여 주를 욕하리이다. 여호와께서 사탄에게 이르시되 내가 그를 네 손에 붙이노라. 오직 그의 생명을 해하지 말지니라. 사탄이 이에 여호와 앞에서 물러가서 욥을 쳐서 그 발바닥에서 정수리까지 악창이 나게 한지라"(욥기 2장 4~7절).

XXIV

That we may change to evenness
This intermitting aguish piety,
   That snatching cramps of wickedness
And apoplexies of fast sin, may die;
      That music of thy promises,
      Not threats in thunder may
Awaken us to our just offices;
What in thy book, thou dost, or creatures say,
That we may hear, Lord hear us, when we pray.

XXIV

우리가 평온함[1]으로 바꿀 수 있도록
이렇게 수시로 오한이 나는 신앙심을,
  잡아채는 듯한 사악한 경련이나
집요한 죄악의 발작이, 소멸하도록;
    음악 같은 당신의 약속으로,[2]
    천둥의 위협이 아니라
우리에게 우리의 올바른 임무를 깨우치도록;
당신의 책 속에서, 당신의 행함이나 피조물이 말함을,
우리가 들을 수 있도록, 주여 우리가 기도할 때, 들어 주소서.

---

1 건강한 육체의 정상체온처럼, 변함없이 흔들리지 않는 신앙심. 당시 시인의 병환 가운데 평
  온하지 못했던 신앙 생활을 암시(Smith 644).
2 우리가 음악의 조화에 반응하는 능력은 평온한 성품과 우리 육체적 한계를 초월하는 고양
  된 정신의 또 다른 표현이다(Smith 644).

XXV

That our ears' sickness we may cure,
And rectify those labyrinths aright,
That we by hearkening, not procure
Our praise, nor others' dispraise so invite,
That we get not a slipperiness,
And senselessly decline,
From hearing bold wits jest at kings' excess,
To admit the like of majesty divine,
That we may lock our ears, Lord open thine.

XXV

우리의 귓병을 우리가 치유할 수 있도록,
그리고 저 미궁들을[1] 바르게 교정할 수 있도록,
　우리가, 경청함으로써, 스스로의 찬미를
얻거나, 다른 이들의 비난을 초래하지 않도록,[2]
　　　우리가 교활해지지 않도록,
　　　그리고 지각 없이 타락하여,
제왕들의 월권에서 오는 대담한 기지의 농담을 듣고,
신성한 위엄과 같다고 여기지 않도록,
우리가 우리의 귀를 막을 수 있도록, 주여 당신의 귀를 열어 주소서.

---

1 진짜 소리가 쉽사리 길을 잃거나 왜곡되기 쉬운 우리 귓속 미로의 회선들.
2 악의 있는 이야기를 듣고저 하는 우리 의향이 우리 자신을 칭찬하게 하고 다른 이들을 비방
　하도록 초래한다(Smith 645).

XXVI

That living law, the magistrate,
Which to give us, and make us physic, doth
   Our vices often aggravate,
That preachers taxing sin, before her growth,
      That Satan, and envenomed men
      Which well, if we starve, dine,
When they do most accuse us, may see then
Us, to amendment, hear them; thee decline;
That we may open our ears, Lord lock thine.

XXVI

살아 있는 율법인, 판관은,

우리에게 교정의 약을 주어, 모범을 만들려다가[1]

　종종 우리의 악행을 악화시키고,

죄악이 자라기도 전에 이를 책망하는 설교자들,[2]

　　사탄과 독에 물든 자들은

　　우리가 굶주려도 풍성한 만찬을 즐기며,[3]

그들이 우리를 가장 비난할 때, 그 때

우리가, 변하여, 그들의 말을 듣는 것을 보게 되어도; 당신은 듣지 않습니다;[4]

우리가 귀를 열도록, 주여 당신의 귀를 막으소서.

---

1 우리에게 바로잡으려는 약을 주어 다른 사람들에게 모범 사례를 만들려 한다(Smith 645).
2 우리에게 죄가 있다고 고발하여, 우리가 실행하기도 전에 막아 버린다(Smith 645).
3 더욱 풍성한 만찬을 즐기는 무리들이 우리를 굶주리게 하는 원인이 된다(Smith 645).
4 우리의 죄를 과장해서 고발하는 자들이 우리가 그들의 말을 듣게 되는 것을 보는 것은 오로지 우리 자신을 변화한 것뿐이고, 따라서 주께서는 그들의 말을 듣지 않으신다(Smith 645).

XXVII

That learning, thine ambassador,
From thine allegiance we never tempt,
   That beauty, paradise's flower
For physic made, from poison be exempt,
      That wit, born apt high good to do,
      By dwelling lazily
On Nature's nothing, be not nothing too,
That our affections kill us not, nor die,
Hear us, weak echoes, O thou ear, and cry.

XXVII

당신의 사절인 학문을,
당신의 충절로부터 우리가 시험함이 없도록,[1]
　낙원의 꽃인, 아름다움이
약을 위해 만들어지고, 독으로부터 면제되도록,
　　고결하고 선한 일을 하기에 적합하게 태어난 기지가,
　　나태하게 안주함으로써,
사소한 자연에서, 또한 무위가 되지 않도록,[2]
우리의 애정이 우리를 죽이거나, 죽지 않도록,[3]
오 당신의 귀로, 약한 메아리와 외침을 들어 주소서.[4]

---

1 우리가 학문을 신을 섬기는 목적 이외에 사용하지 않도록.
2 최종원인과 하느님을 관련시킴 없이 자연환경을 탐구하거나 사소한 것에 경솔하게 얽매이는 것(Smith 645).
3 우리를 지옥으로 몰아가기도 하고 그러나 또한 우리 구원의 충동이 되기도 하는 인간의 감정(Smith 645).
4 이렇게 하느님을 부름에 있어서, 우리는 하느님 자신의 약한 메아리일 뿐, 동시에 탄원의 외침이고 이를 듣는 귀이기도 하다(Smith 645).

XXVIII

    Son of God hear us, and since thou

By taking our blood, owest it us again,

    Gain to thy self, or us allow;

And let not both us and thyself be slain;

        O Lamb of God, which took'st our sin

        Which could not stick to thee,

O let it not return to us again,

But patient and physician being free,

As sin is nothing, let it no where be.

XXVIII

하느님의 아들이시여 들어 주소서, 당신께서

우리의 피를 취하심으로써, 우리에게 다시 빚지셨습니다,[1]

당신 자신께 이득이 되도록 우리를 허락하소서;[2]

그리하여 우리와 당신 자신 둘 다 멸하지 않게 하소서;

오 하느님의 양이여, 우리의 죄를 짊어지셨는데

죄는 당신께 점착할 수 없는 것,

오 그것이 우리에게 다시 돌아오지 않게 하소서,

그러나 환자와 의사는 자유로우니,[3]

죄가 아무것도 아닌 것처럼,[4] 죄가 아무 데도 없게 하소서.[5]

---

1 하느님의 아들로서 인성을 취하심으로써 인간에게 빚을 지는 격이 되셨다. 또는 우리의 피를 대신 흘리심으로써, 당신께서 이제 우리에게 그 피를 되돌려 주셔야 한다(Smith 646).

2 그리스도께서 우리를 위하여 죽임을 당하셨으니, 그가 죽음을 얻은 것은 우리의 영원한 삶이다; 만약 우리가 멸한다면 우리의 상실은 역시 그의 상실이기도 한 것이다(Smith 646).

3 환자인 우리는 의사인 그리스도와 같이 죄가 없다(Smith 646).

4 스콜라 신학에서 죄란 실재하는 천성이 아니라 선이 왜곡된 것이거나 단순히 선의 부재일 뿐이다(Smith 646).

5 죄는 그 자체의 권리로 존속하는 것이 아니기에, 우리가 더 이상 죄를 짓지 않을 때, 죄는 아무런 존재도 가질 수 없다(Smith 646).

Upon the Translation of the Psalms by Sir Philip Sidney, and the Countess of Pembroke his Sister

Eternal God, (for whom who ever dare

Seek new expressions, do the circle square,

And thrust into straight corners of poor wit

Thee, who art cornerless and infinite)

I would but bless thy name, not name thee now;

(And thy gifts are as infinite as thou:)

Fix we our praises therefore on this one.

That, as thy blessed spirit fell upon

These Psalms' first author in a cloven tongue;

(For 'twas a double power by which he sung

The highest matter in the noblest form;)

So thou hast cleft that spirit, to perform

That work again, and shed it, here, upon

필립 시드니 경과 그의 누이 펨브로크 백작 부인의 시편 번역에 부쳐[1]

영원 무궁한 신이시여, (감히 누가 그분을 위하여

새로운 표현들을 찾아서, 원을 네모로 하여,[2]

미약한 기지의 좁은 구석으로[3] 밀어 넣겠습니까

각이 없고 무한이신,[4] 당신을)

저는 당신의 이름을 축복할 뿐, 지금 당신 이름을 부르지 못합니다;

(또한 당신의 선물들은 당신처럼 무한합니다:)

그러므로 우리들의 찬미를 이것에다[5] 고정하지요.

당신의 축복받은 정신이 내린,

이들 시편의 첫 번째 저자에게 두 배의 힘을 가진 말로;[6]

(왜냐하면 그가 노래한 것은 이중의 힘에 의한 것이었으므로

가장 고귀한 형식으로 가장 고상한 문제를;)

그렇게 당신은 그 정신을 나누어, 그 일을 다시

시행하기 위하여, 여기, 둘 위에

---

1 1635년에 처음 인쇄된 것으로, 시드니 경의 번역 시편은 1823년까지 출판되지 않았았지만, 원고 형태로 잘 알려져 있었다. 한 원고의 주석은 많은 부분이 매리 시드니(시드니 경의 누이 펨브로크 백작 부인)의 번역임을 말해 주는데, 이는 필립 시드니가 번역 도중에 일찍이 죽었기 때문이다. 그러나 던은 시편 번역을 두 사람 모두의 공적으로 생각하고 있다(Smith 657).

2 어리석게도 전혀 어울리지 않는 시도(Smith 657).

3 인간의 미천한 지식의 편협한 한계들.

4 각이 없이 무한함은 원을 의미하며, 원은 신의 상징이었다.

5 번역된 시편(=이 특별한 선물).

6 (a) 언어와 음악으로 만들어진 이중 구조의 형태.

 (b) 문자 의미와 구세주적 적용으로 두 배의 힘이 되는(Smith 657).

Two, by their bloods, and by thy spirit one;

A brother and a sister, made by thee

The organ, where thou art the harmony.

Two that make one John Baptist's holy voice,

And who that psalm, Now let the Isles rejoice,

Have both translated, and applied it too,

Both told us what, and taught us how to do.

They show us Islanders our joy, our King,

They tell us why, and teach us how to sing;

Make all this all, three choirs, heaven, earth, and spheres;

The first, heaven, hath a song, but no man hears,

The spheres have music, but they have no tongue,

Their harmony is rather danced than sung;

But our third choir, to which the first gives ear

(For, angels learn by what the church does here)

그들의 피와 당신의 정신 하나로 흘리고;

오누이는, 당신에 의해 만들어진

오르간이며, 거기서 당신은 조화이옵니다.

둘이 하나가 되어 세례 요한의 성스러운 음성을 만들고,[7]

그리고 그 시편 이제 섬들을 기쁘게 하라[8]를

둘이서 번역하였고, 그리고 이 섬들을 또한 기쁘게 하였으므로,

둘은 우리에게 무엇을, 어찌해야 하는지를 말하고 가르쳤습니다.

그들은 우리 섬사람들에게 우리의 기쁨, 우리의 왕을 보여주고,

그들은 우리에게 왜, 어떻게 노래하는지를 말하고 가르칩니다;

이 모두를 전체로 만드시오, 세 합창단인, 천국, 지상 그리고 창공을;[9]

첫 번째, 천국은, 노래가 있으나, 아무도 듣지 못하며,

창공은 음악이 있으나, 말이 없어서,

그들의 조화는 노래하기보다는 춤추고;

그러나 우리 세 번째 합창단에겐, 첫 번째가 귀 기울이는데,

(왜냐하면, 천사들은 교회가 여기서 하는 것을 배우므로)

---

7 세례 요한은 "저가 증거하러 왔으니 곧 빛에 대하여 증거하고 모든 사람으로 자기로 인하여 믿게 하려 함이라⋯⋯ 나는 주의 길을 곧게 하라고 광야에서 외치는 자의 소리로다"(요한 복음 1장 7절, 23절).

8 시편 97편.

9 천지 창조는 천국, 지상, 창공의 세 합창단으로 이루어졌다.

This choir hath all. The organist is he

Who hath tuned God and man, the organ we:

The songs are these, which heaven's high holy Muse

Whispered to David, David to the Jews:

And David's successors, in holy zeal,

In forms of joy and art do re-reveal

To us so sweetly and sincerely too,

That I must not rejoice as I would do

When I behold that these Psalms are become

So well attired abroad, so ill at home,

So well in chambers, in thy church so ill,

As I can scarce call that reformed until

This be reformed; would a whole state present

A lesser gift than some one man hath sent?

And shall our church unto our spouse and king,

More hoarse, more harsh than any other, sing?

이 합창단은 전체를 가졌습니다. 오르간 연주자는 그분

신과 인간을 조화시킨 분,[10] 우리는 오르간:

노래는 이런 것들, 천상의 높고 신성한 시신(詩神)이

다윗에게 속삭였고, 다윗은 유대인들에게 속삭인 것들입니다:

그리고 다윗의 승계자들은, 성스러운 열성으로,

환희와 예술의 형태로 다시 나타내니

우리에게 그토록 감미롭고 또한 진지하게,

제가 과거처럼 기뻐하지 말아야 함이요

제가 볼 때에 이들 시편들은

밖에서는[11] 그토록 치장이 잘 되고, 집 안에선[12] 잘못됨을,

밖의 사저[13]에서는 잘 되고, 당신 교회 안에선 그릇된 것을,

저는 결코 교회가[14] 개혁되었다고 볼 수 없으므로

이것이 개혁될 때까지는; 한 나라 전체가 어떤

한 사람이 보낸 것보다 더 작은 선물을 줄 수야 있겠습니까?

그리고 우리 교회는, 우리 배우자와 왕에게,

어떤 다른 교회보다 더 거칠고, 더 거슬리게 노래할 건가요?

---

10 자신의 속죄로 인간을 하느님께 화해시킨 그리스도(Smith 658).
11 교회 밖에서는.
12 교회 안.
13 시드니 경이 번역한 것 같은 잘 된 역서가 읽혀지는 교회 밖의 사저들에서 사람들이 모이
  는 방을 일컬음.
14 로마 교회의 잘못을 개혁했다고 주장하는 영국 국교.

For that we pray, we praise thy name for this,

Which, by this Moses and this Miriam, is

Already done; and as those Psalms we call

(Though some have other authors) David's all:

So though some have, some may some psalms translate,

We thy Sidneian Psalms shall celebrate,

And, till we come th' extemporal song to sing,

(Learned the first hour, that we see the King,

Who hath translated these translators) may

These their sweet learned labours, all the way

Be as our tuning, that, when hence we part

We may fall in with them, and sing our part.

그걸[15] 위해 우린 기도하고, 우린 이를 위해 당신의 이름을 찬미하며,

그것은, 모세와 미리암에 의해[16]

이미 실행되었습니다; 그리고 이 시편들을 우리는 이르기를

(비록 몇 편은 다른 저자들의 것이었지만) 모두 다윗의 것이라 합니다:

그래서 더러는 몇몇 시편들을 갖고, 더러는 몇몇 시편들을 번역하는데,

우리는 당신의 시드니의 시편들을 찬양하며,

또, 우리가 시간을 초월한 노래를 부르게 될 때까지,

(우리가 왕을 보는 첫 시간, 알게 되었습니다,

누가 이 번역가들을 감동시켰는지를)

그들의 이 향기로운 학문의 노고가, 내내

우리들의 조율로써, 지금부터 우리가 헤어질 때

우리는 그들과 합류하여, 우리 파트를 노래하게 되기를 빕니다.

---

15 영국 국교회에서 사용되는 시편집의 개혁.
16 출애굽기 15장에서 모세는 홍해를 건너 애굽인들을 무찔러 준 주를 찬미하는 노래를 했고,
  그의 여동생 미리암은 그녀 자신의 짧은 노래로 그 환희를 취했다(Smith 658).

To Mr Tilman after he had taken orders

Thou, whose diviner soul hath caused thee now
To put thy hand unto the holy plough,
Making lay-scornings of the Ministry,
Not an impediment, but victory;
What bringst thou home with thee? how is thy mind
Affected in the vintage? Dost thou find
New thoughts and stirrings in thee? and as steel
Touched with a loadstone, dost new motions feel?
Or, as a ship after much pain and care,
For iron and cloth brings home rich Indian ware,
Hast thou thus trafficked, but with far more gain
Of noble goods, and with less time and pain?
Art thou the same materials, as before,
Only the stamp is changed; but no more?
And as new crowned kings alter the face,

성직을 받은 틸만 씨에게[1]

보다 신성한 영혼의 힘으로 이제

그대 손을 성스러운 쟁기에 댄 그대여,

성직자에 대한 평신도의 조롱을

장애가 아니라 승리로 만들면서;

그대는 무엇을 가지고 집으로 오시오? 어떻게 그대 마음이

항해[2]에서 영향을 받소? 그대는 새로운

생각들과 감동을 그대 안에서 찾소? 또한 강철이

천연자석에 닿을 때처럼, 새로운 운동을 느끼오?

아니면, 많은 고통과 근심 끝에 한 선박이,

철과 옷감을 주고 값진 인도 상품을 가져오듯이,

그대는 이렇게 거래했소, 훨씬 더 훌륭한

귀한 상품들을 가져오며, 시간과 고통은 덜 들이고?

그대는, 과거와 같은, 육신이고,

오직 도장만 다르오; 그러나 그 이상은 아니란 말이오?

또한 새로 등극한 왕들이 얼굴을 바꾸듯,

---

1 1635년에 처음 출판된 시. 3부의 원고집에만 수록됨. 에드워드 틸만(Edward Tilman)은
  1618년 부제직을 맡았고 이 시는 그 이후 쓰여졌을 것으로 추정된다. 이것은 틸만 씨가 자
  신이 자격이 부족하다고 느껴서 성직을 받기를 꺼려하는 심정을 나타낸 틸만 씨의 시에 응
  답하는 시이다. 틸만의 시는 하비 우드(H. Harvey Wood)의 「17세기 던과 다른 시인들의 원
  고집」, 『영국 연구 기관지』, 제16집, 179~190쪽(*Essays and Studies by Members of the English
  Association*, XVI, 1930)에 실려 있다(Smith 655).
2 'vintage'란 포도수확기를 뜻하는 단어이지만, 성숙기에 달하고, 목적을 완수하는 과정을 암
  시하는 '여로' 또는 '항해'로 해석함.

But not the money's substance; so hath grace
Changed only God's old image by creation,
To Christ's new stamp, at this thy coronation?
Or, as we paint angels with wings, because
They bear God's message, and proclaim his laws,
Since thou must do the like, and so must move,
Art thou new feathered with celestial love?
Dear, tell me where thy purchase lies, and show
What thy advantage is above, below.
But if thy gaining do surmount expression,
Why doth the foolish world scorn that profession,
Whose joys pass speech? Why do they think unfit
That gentry should join families with it?
As if their day were only to be spent
In dressing, mistressing and compliment;
Alas poor joys, but poorer men, whose trust
Seems richly placed in refined dust;

그러나 돈의 실체는 그렇지 못하듯;[3] 그래서 은총이

하느님이 창조하신 옛 형상만을,[4]

그대의 즉위식에서, 그리스도의 새 도장으로 바꾸었소?

아니면, 우리가 천사들에게 날개를 그려 주듯,

그들은 하느님의 말씀을 전하고, 그의 법을 공포하므로,

그대도 그 비슷한 일을 해야 하므로, 그렇게 움직여야 하고,

그대는 천상의 사랑으로 새 깃털을 달고 있소?[5]

그대여, 그대의 이득이 어디에 있는지 말해 주고, 보여주오

지상에서, 천상에서 그대 이익이 무엇인지를.

그러나 만약 그대 이득이 표현을 초월한다면,

어찌하여 어리석은 세상이 그 직업을 조롱하오,

그 기쁨을 말로 표현키도 어려운데? 왜 그들은

신사양반들이 성직자 되는 것을 어울리지 않는다 생각하오?

마치 그들 나날을 허비하기만 하듯

옷치장하고, 연애하고, 아첨하는데;

아, 가련한 쾌락들, 더욱 불쌍한 인간들, 그들 믿음은

세련된 육체 속에 충분히 자리잡고 있어;

---

3 새로 바뀐 임금의 용안이 주화에도 바뀌어 찍히지만 그 돈이 나타내는 가치(가격)가 변하
지는 않는다.
4 하느님의 형상으로 최초에 창조된 인간(Smith 655).
5 천국의 사랑이 당신을 완전히 변화시킨 건가요? 그저 옛 형상에 새 도장만 바꾼게 아니고?
(Smith 656)

(For, such are clothes and beauty, which though gay,

Are, at the best, but of sublimed clay.)

Let then the world thy calling disrespect,

But go thou on, and pity their neglect.

What function is so noble, as to be

Ambassador to God and destiny?

To open life, to give kingdoms to more

Than kings give dignities; to keep heaven's door?

Mary's prerogative was to bear Christ, so

'Tis preachers' to convey him, for they do

As angels out of clouds, from pulpits speak;

And bless the poor beneath, the lame, the weak.

If then th' astronomers, whereas they spy

A new-found star, their optics magnify,

How brave are those, who with their engines, can

(옷과 아름다움은, 즐겁기는 하지만,

기껏, 고상한 진흙에 불과할 뿐.)

그러니 세상이 그대의 소명을 경멸하라지요,

그러나 그대는 계속 나아가, 그들의 무관심을 가여워하오.

무슨 직능이 그다지 고귀하다 하겠소,

하느님과 운명의 대사가 되는 것에 비하여서?

인생을 열고, 더 많은 이들에게 왕국을 제공하고

왕들이 위엄을 보이는 이상으로,[6] 천국의 문을 지키기 위하여?

마리아의 특권은 그리스도를 잉태하는 것이었고, 그와 같이

그를 전도하는 것은 설교자들의 몫이니, 그들이

구름에서 나온 천사들처럼,[7] 연단에서 설교하기에;

그러니 낮은 곳에 가난한 자들, 불구자들, 약한 자들을 축복하오.

만약 그 때 천문학자들이, 그들이 새로 발견된 별을

보게 될 때, 그들의 망원경을 칭찬한다면,

얼마나 용감하오, 자신들의 도구들[8]을 가지고,

---

6 직함과 명예 이상으로.
7 이 비유는 두 가지 전통적 사고를 포함하고 있는데:
  (a) 천사들과 하느님은 가끔 구름에서 나와 인간들에게 말하는데, 즉 어두운 지역으로부터 단순한 인간 비전으로 우리에게 교통한다; (b) 천사들은 공기나 구름의 옷을 입어서 그들이 교통하려는 인간들에게 나타내 보인다.
  성모 마리아와 천사들에 관한 41~43줄 사이의 이중 비유는 그들처럼 설교자들은 물질적 육체를 통하여 정신적 사업을 하는 신성한 목적의 도구들임을 암시한다(Smith 656).
8 사제의 설교와 세례와 성찬 예식들.

Bring man to heaven, and heaven again to man?

These are thy titles and pre-eminences,

In whom must meet God's graces, men's offences,

And so the heavens which beget all things here,

And the earth our mother, which these things doth bear,

Both these in thee, are in thy calling knit,

And make thee now a blest hermaphrodite.

인간을 천국으로, 또 천국을 다시 인간에게 데려와 주는 이들은?
이런 것들이 그대의 직위이자 탁월함이요,
그 속에서 하느님의 은총과 인간의 공격을 만나야 하며,
그리하여 이 곳에 모든 것을 낳는 천국,
그리고 이를 견뎌내는, 우리들의 어머니 대지,
그대 안에서 이들 양쪽 모두가, 그대 소명 속에 짜여 있고,
이제 그대를 축복받은 양성체[9]로 만든다오.

---

9 자웅동체(양성체): 틸만의 성직 소명의 경우는 천국의 요소와 지상 인간의 요소를 결합시
   키고 열매 맺게 한다(Smith 657).

A Hymn to Christ, at the Author's Last Going into Germany

In what torn ship soever I embark,
That ship shall be my emblem of thy ark;
What sea soever swallow me, that flood
Shall be to me an emblem of thy blood;
Though thou with clouds of anger do disguise
Thy face; yet through that mask I know those eyes,
   Which, though they turn away sometimes,
      They never will despise.

I sacrifice this island unto thee,
And all whom I loved there, and who loved me;
When I have put our seas 'twixt them and me,
Put thou thy seas betwixt my sins and thee.
As the tree's sap doth seek the root below

저자의 마지막 독일 방문에 즈음하여 그리스도께 바친 성가[1]

어떤 파손된 배를 타고 제가 출항한다 해도,

그 배는 당신 방주[2]의 상징이 될 것입니다;

그 어떤 바다가 저를 삼킬지라도, 그 홍수는

제게 당신 피[3]의 상징이 될 것입니다;

비록 당신께서 분노의 구름으로 당신의 얼굴을

가리우지만; 그래도 그 가면을 통해 저는 두 눈을 알아봅니다,

   그 두 눈은 이따금 시선을 돌리지만,

      결코 경멸하지는 않을 것입니다.

저는 이 섬을[4] 당신께 바칩니다,

그리고 거기서 제가 사랑했고, 또 저를 사랑했던 모든 이들을;

제가 그들과 저 사이에 바다를 둘 때,

당신께서는 저의 죄와 당신 사이에 당신의 바다를 두소서.

나무의 수액이 겨울엔 땅 밑 뿌리를 찾듯이[5]

---

1 던은 당시 외교사절이었던 돈 카스터 남작 일행의 수행 신부로서 독일에 파견되었다. 1619
년 5월부터 이듬해 1월까지 체류했으며, 이것이 던의 마지막 대륙여행이었다. 또한 그의 아
내 앤이 사산아를 분만하고 세상을 떠난 지 2년이 지난 즈음이어서, 던이 고독하고 병든 때
였다.
2 노아의 방주(창세기 6장 14절)와 관련하여 홍수와 폭풍과 같은 역경에서 구원을 상징한다.
3 인간의 죄를 씻어 줄 그리스도의 피.
4 영국.
5 겨울에 나뭇잎이 떨어질 때는 나무의 수액이 가지에서 뿌리로 내려가는 것으로 당시에는
생각되었다.

In winter, in my winter now I go,
    Where none but thee, th' eternal root
      Of true love I may know.

Nor thou nor thy religion dost control,
The amorousness of an harmonious soul,
But thou wouldst have that love thyself: as thou
Art jealous, Lord, so I am jealous now,
Thou lov'st not, till from loving more, thou free
My soul; who ever gives, takes liberty:
    O, if thou car'st not whom I love
      Alas, thou lov'st not me.

Seal then this bill of my divorce to all,
On whom those fainter beams of love did fall;
Marry those loves, which in youth scattered be

이제 저의 겨울에 제가 갑니다,
　당신밖에 아무도 없는 곳, 제가 알 수 있는
　　진실한 사랑의 영원한 뿌리만 있는 곳으로.[6]

당신도 당신의 종교도 억제하진 못합니다,
조화로운 한 영혼의 연모를,
그러나 당신 자신이 그런 사랑을 가지려 했으니: 당신께서
질투하시듯이, 주여, 저 또한 이제 질투합니다,
당신께서는 사랑하는 것이 아닙니다, 더 많이 사랑함으로써, 제 영혼을
자유롭게 해주실 때까지는; 주는 이는 누구나 자유를 가져갑니다:[7]
　오, 만약 당신께서 제가 누구를 사랑하든 상관 않으신다면,
　　슬프게도, 당신은 저를 사랑하지 않으시는 것입니다.

그러니 제 이혼장[8]을 봉인하셔서,
더 여린 사랑의 빛이 비추인 모든 이에게 주소서;[9]
젊어서 사랑하던 이들과 결혼하소서

---

6 그리스도가 계신 곳.
7 사랑을 주는 자는 그 사랑을 받는 자가 또 다른 자를 사랑하는 자유를 제한하려 한다; 그리
　스도의 사랑은 우리가 그리스도 아닌 다른 이를 사랑하는 자유를 허락하지 않는다.
8 이 세상 삶의 모든 것에 대한 집착을 버리려는 이혼장에 날인하여 줄 것을 간청한 것.
9 그리스도보다 다른 일에 사랑을 바친 세속인들.

On fame, wit, hopes (false mistresses) to thee.

Churches are best for prayer, that have least light:

To see God only, I go out of sight:

   And to 'scape stormy days, I choose

     An everlasting night.

명성과 기지와 희망(부정한 애인들)을 당신께 뿌렸던 이들과.[10]

빛이 가장 적게 드는 교회가 기도하기에 가장 좋습니다:[11]

하느님만을 보기 위하여, 저는 시야를 벗어나렵니다:[12]

   그리고 폭풍의 날들[13]을 피하기 위하여, 저는 선택합니다

      영원한 밤을.[14]

---

10 젊은 시절, 명성과 기지와 출세에 대한 희망으로 헛된 사랑을 갈구하던 그런 이들과 결혼
   할 것을 그리스도께 청함.

11 던의 선조이자 순교자였던 토마스 모어 경이 유토피아에서 말한 교회; 빛이 들어오지 않는
   교회, 즉 밝음보다 어두움이 종교적 신앙을 강화하는 데 효과적이라고 믿었다(John Carey,
   John Donne: Life, Mind and Art, p. 204).

12 (a) 이 나라(영국)를 떠나서 멀리 가는 것.
   (b) 인간의 시력이 존재하지 않는 곳; 즉 죽음의 세계(Smith 664);
   두 가지의 이중적 의미를 내포하고 있다.

13 죄악의 폭풍이 몰아치는 대낮들.

14 죽음: 여행 자체를 죽음으로 향한 여정으로 간주하고 시 전체가 죽음을 위한 준비로 암시
   (Smith 664).

The Lamentations of Jeremy, for the most part according to Tremellius

CHAPTER I

How sits this city, late most populous,
   Thus solitary, and like a widow thus!
Amplest of nations, queen of provinces
   She was, who now thus tributary is!

Still in the night she weeps, and her tears fall
   Down by her cheeks along, and none of all
Her lovers comfort her; perfidiously
   Her friends have dealt, and now are enemy.

Unto great bondage, and afflictions
   Judah is captive led; those nations
With whom she dwells, no place of rest afford,
   In straits she meets her persecutors' sword.

주로 트레멜리우스[1]에 따른 예레미야 애가

제1장

어떻게 근래에 가장 많은 인구가 살던 이 도시가,
　이토록 외롭게, 이렇게 과부처럼 앉아 있는가!
열국들 중에 가장 크고, 열방 중의 여왕
　이었는데, 이제 이렇게 속국이 되었구나!

아직도 밤이면 도시는 울고, 그 눈물은
　뺨을 따라 흘러내리는데, 사랑하던 자들
그 누구도 위로하는 자 없고; 친구들도
　다 배반하여, 이제 적이 되었도다.

거대한 속박과 고통으로
　유대는 사로잡혀 갔도다; 더불어 거하던
이들 열국들은 휴식의 장소를 주지 못하니,
　협착한 곳에서 유대는 박해자의 검을 만나도다.

---

1 이 시는 트레멜리우스와 쥬니우스의 라틴어 구약 성서로부터 예레미야 애가를 운문으로 번
　역한 찬미가이다. 트레멜리우스와 쥬니우스의 라틴어 구약은 1575~1579년 사이에 당시 불
　가타 성서를 참고하여 출판되었던 것이다. 트레멜리우스(1510~1580)는 이태리계 유대인으
　로서 쥬니우스와 더불어 칼빈파가 되었고, 유럽 신교파(프로테스탄트)들에게 그들의 표
　준 라틴어 구약 성서를 제공했다(Smith 658).

Empty are the gates of Sion, and her ways
   Mourn, because none come to her solemn days.
Her priests do groan, her maids are comfortless,
   And she's unto herself a bitterness.

Her foes are grown her head, and live at peace,
   Because when her transgressions did increase,
The Lord struck her with sadness; th' enemy
   Doth drive her children to captivity.

From Sion's daughter is all beauty gone,
   Like harts, which seek for pasture, and find none,
Her princes are, and now before the foe
   Which still pursues them, without strength they go.

Now in their days of tears, Jerusalem
   (Her men slain by the foe, none succouring them)
Remembers what of old, she esteemed most,

시온의 문은 비었고, 그 통로는
　　애도하는구나, 아무도 그 절기에 오지 않기에.
그녀의 사제들은 신음하고, 처녀들은 근심하며,
　　그녀 홀로 괴로움에 젖는구나.

그녀의 적들이 그녀의 머리[2]가 되고, 평화로이 살고 있음은,
　　그녀의 죄가 증가했을 때에,
주께서 그녀를 슬픔으로 쳤기 때문이라; 원수가
　　그녀의 자녀들을 포로로 몰아갔도다.

시온의 딸로부터 모든 아름다움이 사라지고,
　　목초지를 찾으나 찾지 못하는 숫사슴들처럼,
그녀의 왕자들은, 이제 적 앞에 있으며
　　적은 여전히 그들을 쫓는데, 도망갈 힘이 없도다.

이제 눈물의 나날 속에, 예루살렘아
　　(그 곳의 남자들은 적에게 살해되었고, 아무도 그들을 도와주지 않아)
옛날에 가장 존중했던 것을 기억하지만,

---

2 지배자.

Whilst her foes laugh at her, for what she hath lost.

Jerusalem hath sinned, therefore is she
    Removed, as women in uncleanness be;
Who honoured, scorn her, for her foulness they
    Have seen; herself doth groan, and turn away.

Her foulness in her skirts was seen, yet she
    Remembered not her end; miraculously
Therefore she fell, none comforting: behold
    O Lord my affliction, for the foe grows bold.

Upon all things where her delight hath been,
    The foe hath stretched his hand, for she hath seen
Heathen, whom thou command'st, should not do so,
    Into her holy sanctuary go.

And all her people groan, and seek for bread;
    And they have given, only to be fed,
All precious things, wherein their pleasure lay:
    How cheap I am grown, O Lord, behold, and weigh.

그녀의 적은 그녀가 잃어버린 것으로 인해 그녀를 비웃도다.

예루살렘은 죄를 지었고, 그러므로 도시는
　　제거되었도다, 부정한 여인네들처럼;
찬양했던 이들이 그녀를 멸시하도다, 그녀의 더러움을
　　보았으므로; 스스로 신음하며, 돌아서도다.

그녀 치마 속에서 부정함이 드러나고, 그럼에도 그녀는
　　자신의 종말을 기억하지 못하였도다; 놀랍게도
그러므로 그녀가 쓰러져도, 아무도 위로하지 않는데: 보소서
　　오 주여 저의 고통을, 원수가 용감해지고 있사오니.

그녀의 기쁨이 보았던 모든 보물에,
　　원수가 그의 손을 뻗쳤나이다, 그녀가 보았기에
이교도가, 당신께서 명하여, 하지 말아야 할 일,
　　그녀의 거룩한 성소로 들어가는 걸.

그래서 모든 예루살렘 사람들이 신음하며, 빵을 찾는데;
　　그들은 주었습니다, 다만 먹기 위해서,
그들의 기쁨이 들어 있는 모든 보물들을:
　　제가 얼마나 비천해졌는지, 오 주여, 보시고, 평하소서.

All this concerns not you, who pass by me,
   O see, and mark if any sorrow be
Like to my sorrow, which Jehovah hath
   Done to me in the day of his fierce wrath?

That fire, which by himself is governed
   He hath cast from heaven on my bones, and spread
A net before my feet, and me o'erthrown,
   And made me languish all the day alone.

His hand hath of my sins framed a yoke
   Which wreathed, and cast upon my neck, hath broke
My strength. The Lord unto those enemies
   Hath given me, from whom I cannot rise.

He underfoot hath trodden in my sight
   My strong men; he did company invite
To break my young men; he the winepress hath
   Trod upon Judah's daughter in his wrath.

이 모든 것은 나를 지나치는 너희에겐 관계가 없는지,
  오 보라, 그리고 주시하라 어떤 슬픔이
내 슬픔과 같은지를, 여호와께서
  진노하신 날에 내게 하신 것과 같은지?

저 불은, 주께서 스스로 다스리시며
  천국에서 내 골수에 보내시고, 그리고 펼치신다
내 발 앞에 그물을, 그리고 나를 넘어뜨리셨다,
  그리고 나를 종일토록 홀로 기진하게 하셨도다.

주의 손이 나의 죄로 멍에를 엮으셨고
  화관으로 짜서 내 목에 얹으셨으며, 내 힘을
분쇄하셨도다. 주께서 이 원수들에게
  나를 넘기셨고, 내가 그들을 당할 수 없도다.

주께서 내가 보는 데서 밟으셨도다
  나의 힘센 남자들을; 주께서 중대를 청하시어
나의 젊은이들을 쳐부셨도다; 주께서 술틀에
  유다의 딸을 분노에 차서 밟으셨도다.

For these things do I weep, mine eye, mine eye
    Casts water out; for he which should be nigh
To comfort me, is now departed far;
    The foe prevails, forlorn my children are.

There's none, though Sion do stretch out her hand,
    To comfort her, it is the Lord's command
That Jacob's foes girt him. Jerusalem
    Is as an unclean woman amongst them.

But yet the Lord is just, and righteous still,
    I have rebelled against his holy will;
O hear all people, and my sorrow see,
    My maids, my young men in captivity.

I called for my lovers then, but they
    Deceived me, and my priests, and elders lay
Dead in the city; for they sought for meat
    Which should refresh their souls, and none could get.

Because I am in straits, Jehovah see

이런 일들로 인하여 내가 우니, 내 눈, 내 눈은
   눈물을 뿌리노라; 가까이에서 나를
위로해야 할 분이 이제 멀리 떠나셨기 때문이라;
   적이 승리하고, 내 자녀들이 버림받음이라.

아무도 없네, 시온이 손을 펼치지만,
   그녀를 위로할 자 없네, 주의 명령이라
야곱의 적들이 그를 에워쌈은. 예루살렘은
   그들 가운데 부정한 여인과 같음이라.

그러나 주는 공평하시고, 의로우시도다,
   나는 주의 신성한 의지에 반항하였도다;
오 만 백성이여 들으라, 그리고 보라 내 슬픔을,
   내 처녀들, 내 젊은이들이 포로되었음을.

나는 그 때 애인들을 불렀으나, 그들은
   나를 속였도다, 내 사제들과 장로들은
도시 안에 죽어 누웠도다; 그들은 목숨을 소생시켜 줄
   음식을 찾았으나, 아무것도 구할 수 없었기 때문이다.

나는 환난에 처하였기에, 여호와여 보소서

My heart o'erturned, my bowels muddy be,
Because I have rebelled so much, as fast
   The sword without, as death within, doth waste.

Of all which here I mourn, none comforts me,
   My foes have heard my grief, and glad they be,
That thou hast done it; but thy promised day
   Will come, when, as I suffer, so shall they.

Let all their wickedness appear to thee,
   Do unto them, as thou hast done to me,
For all my sins: the sighs which I have had
   Are very many, and my heart is sad.

내 심장이 뒤집혀지고, 내 창자가 진흙투성이가 된 것은,
내가 너무나 반항한 까닭입니다, 급속하게
　　바깥의 검처럼, 내부의 죽음이, 황폐케 합니다.

내가 모든 것에 애곡하는 것을 들으나, 나를 위로하는 자 없고,
　　나의 적들이 내 탄식을 듣고, 그들이 기뻐하도다,
당신께서 그 일을 행하심을; 그러나 당신이 약속하신 날이
　　오리니, 그 때, 나처럼, 그들이 고통받게 되리라.

그들의 모든 사악함이 당신께 나타나게 하소서,
　　그들에게 하소서, 당신께서 제게 하셨던 것처럼,
나의 모든 죄로 인하여: 내가 내쉰 한숨이
　　너무나 많아서, 내 마음이 비통하나이다.

CHAPTER II

How over Sion's daughter hath God hung
   His wrath's thick cloud! and from heaven hath flung
To earth the beauty of Israel, and hath
   Forgot his foot-stool in the day of wrath!

The Lord unsparingly hath swallowed
   All Jacob's dwellings, and demolished
To ground the strengths of Judah, and profaned
   The princes of the kingdom, and the land.

In heat of wrath, the horn of Israel he
   Hath clean cut off, and lest the enemy
Be hindered, his right hand he doth retire,
   But is towards Jacob, all-devouring fire.

Like to an enemy he bent his bow,
   His right hand was in posture of a foe,
To kill what Sion's daughter did desire,
   'Gainst whom his wrath, he poured forth, like fire.

제2장

어찌 주께서 시온의 딸 위에
　　분노의 두꺼운 구름을 덮으셨는가! 그리고 하늘로부터
땅에 이스라엘의 아름다움을 던지셨는가, 그리고는
　　그 분노의 날에 주의 발판을 잊으셨도다!

주께서는 남김없이 삼키셨도다
　　야곱의 모든 거처들을, 그리고 허물으셨다
땅 위에 유다의 강한 성을, 그리고 욕되게 하셨다
　　제국의 왕자들과 국토를.

분노의 열기로, 이스라엘의 뿔을 주께서
　　깨끗이 잘라 버리셨고, 적이 방해받지
않게 하시어, 그의 오른손을 거두시고,
　　오히려 야곱에게로 향하셨다, 사방을 사르는 불처럼.

적에게 하듯이 주께서는 활을 당기셨고,
　　그의 오른손은 대적의 자세를 취하셨으며,
시온의 딸이 욕망하는 것을 죽이고저,
　　이를 향한 분노를 불과 같이 쏟아 부으셨도다.

For like an enemy Jehovah is,

    Devouring Israel, and his palaces,

Destroying holds, giving additions

    To Judah's daughters' lamentations.

Like to a garden hedge he hath cast down

    The place where was his congregation,

And Sion's feasts and sabbaths are forgot;

    Her king, her priest, his wrath regardeth not.

The Lord forsakes his altar, and detests

    His sanctuary, and in the foes' hands rests

His palace, and the walls, in which their cries

    Are heard, as in the true solemnities.

The Lord hath cast a line, so to confound

    And level Sion's walls unto the ground;

He draws not back his hand, which doth o'erturn

    The wall, and rampart, which together mourn.

여호와께서는 원수같이 되시었기에,
　이스라엘과 그의 궁전들을 삼키시고,
성들을 파괴하시어, 더하시도다
　유다의 딸들의 애통함을.

정원 울타리같이 주께서는
　회중이 있던 장소를 헐어 버리셨고,
시온의 절기와 안식일도 잊혀졌도다;
　왕도, 사제도, 주의 분노로 멸시하셨도다.

주께서 그의 제단을 버리시고, 그의 성소를
　싫어하시며, 적들의 손에 그의 궁전과
성벽을 두시니, 그 곳에서 그들의 외침이
　진정 절기날과 같이 들리도다.

주께서는 줄을 던지시어, 시온의 성벽을
　저주하시고 땅 위에 쓰러뜨리셨다;
그는 손을 거두지 아니하시고, 성벽과
　방벽을 무너뜨리시니, 함께 애통하도다.

Their gates are sunk into the ground, and he
   Hath broke the bar; their king and princes be
Amongst the heathen, without law, nor there
   Unto their prophets doth the Lord appear.

There Sion's elders on the ground are placed,
   And silence keep; dust on their heads they cast,
In sackcloth have they girt themselves, and low
   The virgins towards ground, their heads do throw.

My bowels are grown muddy, and mine eyes
   Are faint with weeping: and my liver lies
Poured out upon the ground, for misery
   That sucking children in the streets do die.

When they had cried unto their mothers, where
   Shall we have bread, and drink? they fainted there,
And in the streets like wounded persons lay
   Till 'twixt their mothers' breasts they went away.

Daughter Jerusalem, oh what may be

그들의 성문이 땅 속에 꺼지고, 주께서
　　빗장을 꺾으셨고; 그들의 왕과 왕자들은
이교도들 가운데 있도다, 율법도 없이, 또한 그 곳에선
　　그들의 선지자들에게 주께서 나타나지도 않으시도다.

그 곳에서 시온의 장로들이 땅에 앉아서,
　　침묵을 지키도다; 그들은 머리에 먼지를 뿌리고,
삼베를 허리에 두르고, 그리고 낮게
　　처녀들은 땅을 향해, 머리를 숙이도다.

내 창자가 진흙투성이가 되고, 내 눈은
　　눈물로 흐려지며: 내 간이 쏟아져
땅 위에 놓였으니, 이는
　　젖먹이 아이들이 거리에서 죽어가는 참상 때문이라.

그들의 어머니들에게 부르짖기를, 어디서
　　우리가 빵과 마실 것을 얻겠습니까? 그들은 거기서 실신했고,
거리에서 부상당한 사람들처럼
　　그들 어미의 품에서 기진할 때까지 누워 있도다.

처녀 예루살렘아, 오 무엇으로

A witness, or comparison for thee?
Sion, to ease thee, what shall I name like thee?
　Thy breach is like the sea, what help can be?

For thee vain foolish things thy prophets sought,
　Thee, thine iniquities they have not taught,
Which might disturn thy bondage: but for thee
　False burdens, and false causes they would see.

The passengers do clap their hands, and hiss,
　And wag their head at thee, and say, Is this
That city, which so many men did call
　Joy of the earth, and perfectest of all?

Thy foes do gape upon thee, and they hiss,
　And gnash their teeth, and say, 'Devour we this,
For this is certainly the day which we
　Expected, and which now we find, and see.'

The Lord hath done that which he purposed,
　Fulfilled his word of old determined;

네게 증거하며 비유할까?
시온이여, 내가 무엇으로 그대를 위로하고 이름 부를까?
　그대의 파괴가 바다와 같으니, 무엇이 도움이 될 수 있으리?

그대를 위해 그대의 선지자들은 헛되고 어리석은 것을 찾았고,
　그대에게, 그들은 그대의 죄악을 가르치지 않았다,
그것이 그대의 속박을 막아 줄 수 있었는데: 오직 그대를 위해
　그들은 거짓된 짐과 거짓 원인들을 보았도다.

지나가는 사람들은 박장하며, 야유하고,
　그대를 보고 머리를 흔들며, 말하기를, 이것이
그 도시인가, 그토록 많은 사람들이 일컬었던가
　지상의 기쁨이고, 만물 중 가장 완벽하다고?

그대의 적들이 그대를 보고 입을 딱 벌리고, 야유하며,
　이를 갈고 말하기를, '우리가 이를 삼키노라,
오늘이 바로 우리가 바라던 그 날이고
　이제 우리가 발견하고, 보기도 하였기에.'

주님은 목적하신 바를 이루셨고,
　오래 전에 결정하신 말씀을 실행하셨도다;

He hath thrown down, and not spared, and thy foe
   Made glad above thee, and advanced him so.

But now, their hearts against the Lord do call,
   Therefore, O wall of Sion, let tears fall
Down like a river, day and night; take thee
   No rest, but let thine eye incessant be.

Arise, cry in the night, pour, for thy sins,
   Thy heart, like water, when the watch begins;
Lift up thy hands to God, lest children die,
   Which, faint for hunger, in the streets do lie.

Behold O Lord, consider unto whom
   Thou hast done this; what, shall the women come
To eat their children of a span? shall thy
   Prophet and priest be slain in sanctuary?

On grounds in streets the young and old do lie,
   My virgins and young men by sword do die;
Them in the day of thy wrath thou hast slain,

주님은 파괴하셨고, 용서치 않으셨고, 그대의 적이
    그대로 인해 즐거워하게 하고, 그렇게 촉진시키셨도다.

그러나 이제, 그들의 마음이 주를 향해 부르짖으니,
    그러므로, 시온의 성벽이여, 눈물이 흐르게 하라
밤낮으로 강물처럼; 스스로
    쉬지 말고, 그대의 눈이 쉬게 하지 마라.

일어나, 밤에 울지어다, 그대의 죄를 위해,
    심장을, 물처럼, 토해낼지어다, 야경을 시작할 때에;
주를 향해 손을 쳐들라, 자녀들이 죽지 않도록,
    허기에 실신하여, 길거리에 누워 있는 애들이.

보소서 오 주여, 당신께서 누구에게 이런
    일을 하셨는지 생각하소서; 어찌, 여인네들이
제 자식들을 먹겠습니까? 어찌 주의
    선지자와 사제가 성소에서 살해되겠습니까?

길바닥에, 젊은이와 노인들이 누워 있고,
    내 처녀와 청년들이 칼에 죽었습니다;
그들을 당신이 분노하신 날에 당신께서 살해하셨고,

Nothing did thee from killing them contain.

As to a solemn feast, all whom I feared
   Thou call'st about me; when thy wrath appeared,
None did remain or 'scape, for those which I
   Brought up, did perish by mine enemy.

아무것도 당신이 그들을 죽이는 걸 막지 못했습니다.

엄숙한 절기에 하듯이, 제가 두려워했던 모두를
  주께서 제 주위에 부르셨습니다; 당신의 분노가 보였을 때,
아무도 남거나 피하지 못하였으니, 제가 기른
  자들이, 제 원수에 의해 멸하였습니다.

CHAPTER III

I am the man which have affliction seen,
   Under the rod of God's wrath having been,
He hath led me to darkness, not to light,
   And against me all day, his hand doth fight.

He hath broke my bones, worn out my flesh and skin,
   Built up against me; and hath girt me in
With hemlock, and with labour; and set me
   In dark, as they who dead for ever be.

He hath hedged me lest I 'scape, and added more
   To my steel fetters heavier than before.
When I cry out, he out shuts my prayer: and hath
   Stopped with hewn stone my way, and turned my path.

And like a lion hid in secrecy,
   Or bear which lies in wait, he was to me,
He stops my way, tears me, made desolate,
   And he makes me the mark he shooteth at.

제3장

나는 고통을 본 사람이라,
  여호와의 분노의 매로 인하여,
주께서는 나를 광명이 아니라, 암흑으로 인도하셨고,
  종일토록 나를, 그의 손이 치시도다.

주께서는 내 뼈를 꺾으셨고, 내 살과 피부를 닳게 하셨으며,
  나를 대적하셨도다; 그리고 나를 에워싸셨도다
담즙과 수고로; 그리고 나를 놓으셨다
  암흑 속에, 마치 영원히 죽은 자들처럼.

주께서는 내가 도망가지 못하도록 울타리를 치셨고, 더하여
  내 쇠사슬을, 전보다 더 무겁게 하셨다.
내가 울부짖을 때, 주께서는 내 기도를 물리치시고: 그리고
  쪼갠 돌로 내 길을 막으사, 내 길을 바꾸셨도다.

그리고 몰래 숨은 사자처럼,
  혹은 엎드려 기다리는 곰처럼, 주께서 나를 대하셨고,
내 길을 가로막고, 나를 찢고, 황폐하게 하셨도다,
  주께서는 나를 쏘아 맞추는 과녁으로 삼으시도다.

He made the children of his quiver pass
    Into my reins, I with my people was
All the day long, a song and mockery.
    He hath filled me with bitterness, and he

Hath made me drunk with wormwood. He hath burst
    My teeth with stones, and covered me with dust;
And thus my soul far off from peace was set,
    And my prosperity I did forget.

My strength, my hope (unto myself I said)
    Which from the Lord should come, is perished.
But when my mournings I do think upon,
    My wormwood, hemlock, and affliction,

My soul is humbled in remembering this;
    My heart considers, therefore, hope there is.
'Tis God's great mercy we're not utterly
    Consumed, for his compassions do not die;

주께서는 진동의 화살로
　　내 허리를 맞추시고, 나는 내 백성들에게
종일토록, 노래와 조롱거리가 되었다.
　　주께서는 나를 쓴 것으로 채우시고, 또한

쑥을 마시고 취하게 하셨도다. 주께서는 돌로
　　내 이를 부수시고, 나를 재로 덮으셨다;
이렇게 내 영혼은 평화에서 멀어졌고,
　　내 번영을 내가 잊었도다.

내 힘, 내 소망(내 자신에게 이르기를)은
　　주께로부터 와야 하는 것이지만, 쇠하였도다.
그래도 내 슬픔에 대해 생각할 때,
　　내 쑥, 담즙과 고통을,

내 영혼은 이를 기억하고 겸손해지니;
　　내 마음은 그러므로, 희망이 있다고 생각하도다.
여호와의 대 자비로 우리는 전멸되지
　　아니하니, 그의 긍휼이 죽지 않음이라;

For every morning they renewed be,
   For great, O Lord, is thy fidelity.
The Lord is, saith my soul, my portion,
   And therefore in him will I hope alone.

The Lord is good to them, who on him rely,
   And to the soul that seeks him earnestly.
It is both good to trust, and to attend
   The Lord's salvation unto the end:

'Tis good for one his yoke in youth to bear;
   He sits alone, and doth all speech forbear,
Because he hath borne it. And his mouth he lays
   Deep in the dust, yet then in hope he stays.

He gives his cheeks to whosoever will
   Strike him, and so he is reproached still.
For, not for ever doth the Lord forsake,
   But when he hath struck with sadness, he doth take

Compassion, as his mercy'is infinite;

매일 아침 긍휼이 새로워지니,

   오 주여, 당신의 성실이 위대하시도다.

내 영혼이 말하기를, 주는 나의 기업이니,

   그러므로 주 안에서만 내가 소망하리라.

주께서는 그에게 의지하는 이들에게,

   또한 진정 주를 찾는 영혼에게 선하시도다.

주의 구원을 끝까지

   믿고 따르는 것이 둘 다 좋도다:

사람은 젊어서 멍에를 메는 것이 좋은 것;

   홀로 앉아서, 모든 말을 삼가시니,

주께서 그걸 참아내셨음이라. 또한 그의 입을

   먼지 속 깊숙이 대지만, 그래도 소망 안에 거하신다.

주께서는 누구든 그를 때리는 자에게

   뺨을 내밀고, 여전히 책망도 받으신다.

주께서 영원히 버리심이 아니라,

   슬픔으로 치셨을 때, 주께서는

긍휼히 여기심이라, 주의 자비가 무한하므로;

Nor is it with his heart, that he doth smite;
That underfoot the prisoners stamped be,
   That a man's right the judge himself doth see

To be wrung from him, that he subverted is
   In his just cause; the Lord allows not this.
Who then will say, that aught doth come to pass,
   But that which by the Lord commanded was?

Both good and evil from his mouth proceeds;
   Why then grieves any man for his misdeeds?
Turn we to God, by trying out our ways;
   To him in heaven, our hands with hearts upraise.

We have rebelled, and fallen away from thee,
   Thou pardon'st not; usest no clemency;
Pursuest us, kill'st us, coverest us with wrath,
   Cover'st thyself with clouds, that our prayer hath

No power to pass. And thou hast made us fall
   As refuse, and off-scouring to them all.

주께서 치심은 진심이 아니라;
포로들이 발밑에 짓밟히는 것,
　판사 자신이 인간의 권리가

짓눌림을 보는 것, 정당한 이유를
　뒤엎는 것을; 주께서는 인정하지 않으신다.
그러면 누가 말하여, 이루게 할까,
　주께서 명하신 것이 아니라면?

선악이 모두 주의 입에서 나온다;
　그런데 왜 사람은 자신의 잘못을 슬퍼하는가?
우리는 우리 행동을 노력해 봄으로써, 여호와께로 향한다;
　하늘에 계신 주께로, 우리 손을 진심으로 들어올린다.

우리는 반역했고, 당신에게서 떨어져 나왔고,
　당신은 용서치 않으셨고; 자비를 베풀지 않으셨도다;
우리를 쫓으시고, 살육하시고, 진노로 우리를 덮으셨도다,
　스스로를 구름으로 덮으시고, 우리 기도는

전달될 힘이 없도다. 당신께서 우리를 쓰러뜨리사
　저들 모두에게 폐물과 오물처럼 만드셨도다.

All our foes gape at us. Fear and a snare
  With ruin, and with waste, upon us are.

With water rivers doth mine eye o'erflow
  For ruin of my people's daughters so;
Mine eye doth drop down tears incessantly,
  Until the Lord look down from heaven to see.

And for my city's daughters' sake, mine eye
  Doth break mine heart. Causeless mine enemy,
Like a bird chased me. In a dungeon
  They have shut my life, and cast on me a stone.

Waters flowed o'er my head, then thought I, I am
  Destroyed; I called Lord, upon thy name
Out of the pit. And thou my voice didst hear;
  Oh from my sigh, and cry, stop not thine ear.

Then when I called upon thee, thou drew'st near
  Unto me, and said'st unto me, 'Do not fear.'
Thou Lord my soul's cause handled hast, and thou

우리의 적은 모두 우리에게 입을 크게 벌리도다. 공포와 함정이
　파괴와 폐기물과 함께, 우리에게 임하였도다.

내 눈의 눈물은 강물처럼 흐르네
　내 백성 처녀들의 파멸 때문에;
내 눈의 눈물은 끊임없이 떨어지네,
　하늘에서 주님이 아래를 내려다보실 때까지.

내 도시의 딸들을 위하여, 내 눈은
　내 심장을 상하게 하도다. 이유 없이 내 적은,
새처럼 나를 쫓도다. 구덩이 속에
　저들은 내 삶을 끝내려고, 내게 돌을 던지도다.

물이 내 머리 위에 넘치니, 스스로 생각했다, 나는
　멸망하였다고; 내가 주를 불렀도다, 당신의 이름을
구덩이 속에서. 그리고 당신은 내 음성을 들었나이다;
　오 내 한숨과 외침으로부터, 당신의 귀를 막지 마소서.

내가 당신을 불렀을 때, 당신은 가까이 다가오셨도다
　내게로, 그리고 내게 '두려워 말라' 이르셨도다.
주여 당신은 내 영혼의 동기를 조정하시며, 또한 당신은

Rescued'st my life. O Lord do thou judge now,

Thou heard'st my wrong. Their vengeance all they have wrought;
    How they reproached, thou hast heard, and what they thought,
What their lips uttered, which against me rose,
    And what was ever whispered by my foes.

I am their song, whether they rise or sit,
    Give them rewards Lord, for their working fit,
Sorrow of heart, thy curse. And with thy might
    Follow, and from under heaven destroy them quite.

내 생명을 구원하셨습니다. 오 주여 이제 판단하소서,

당신은 제 부정을 들으셨습니다. 저들의 복수 모두를 저들은 꾸몄습
니다.
저들이 어떻게 비방하는지, 당신은 들으셨습니다, 저들이 무얼 생
각하는지,
저들의 입에서 나온 말, 나를 대적하며 일어난 것을,
그리고 내 적들이 내내 속삭이던 것을.

저들이 앉든지 서든지, 나는 저들의 노래이오니,
주여 저들을 응보하소서, 저들이 행한 대로 마땅히,
마음의 슬픔을, 당신의 저주로. 또한 당신의 권능으로
쫓으사, 천하에서 저들을 완전히 멸하소서.

CHAPTER IV

How is the gold become so dim? How is
   Purest and finest gold thus changed to this?
The stones which were stones of the Sanctuary,
   Scattered in corners of each street do lie.

The precious sons of Sion, which should be
   Valued at purest gold, how do we see
Low rated now, as earthen pitchers, stand,
   Which are the work of a poor potter's hand.

Even the sea-calfs draw their breasts, and give
   Suck to their young; my people's daughters live,
By reason of the foes' great cruelness,
   As do the owls in the vast wilderness.

And when the sucking child doth strive to draw,
   His tongue for thirst cleaves to his upper jaw.
And when for bread the children cry,
   There is no man that doth them satisfy.

제4장

어찌 황금빛이 그리 침침해지는가? 어찌
  순금과 정금이 이리 변하는가?
성소의 돌들이었던 돌들이
  길거리 구석마다에 흩어져 놓여 있도다.

시온의 보배로운 아들들은, 당연히
  순금처럼 여겨져야 하거늘, 어찌 우리가 보기에
이제 천하게 평가되어, 토기 항아리들처럼, 서 있는가,
  솜씨 없는 도공의 손으로 빚은 작품처럼.

바다표범조차 젖가슴을 내어, 새끼에게
  젖을 빨리는데; 내 백성의 딸들은,
적들의 심한 잔혹함 때문에,
  광막한 황야의 올빼미들처럼 살도다.

또한 젖먹이가 젖을 빨려고 애쓸 때,
  목이 말라 그 혀가 입천장에 달라붙는도다.
어린애들이 빵을 달라고 울 때에도,
  그들에게 빵을 줄 사람이 없도다.

They which before were delicately fed,
   Now in the streets forlorn have perished,
And they which ever were in scarlet clothed,
   Sit and embrace the dunghills which they loathed.

The daughters of my people have sinned more,
   Than did the town of Sodom sin before;
Which being at once destroyed, there did remain
   No hands amongst them, to vex them again.

But heretofore purer her Nazarite
   Was than the snow, and milk was not so white;
As carbuncles did their pure bodies shine,
   And all their polishedness was sapphirine.

They are darker now than blackness, none can know
   Them by the face, as through the street they go,
For now their skin doth cleave unto their bone,
   And withered, is like to dry wood grown.

전에는 진수를 먹던 저들이,
　이제는 거리에 버려져 멸하였도다,
내내 주홍색 옷을 입었던 저들이,
　저들이 싫어하던 거름더미를 안고 앉아 있도다.

내 백성의 딸들은 더 많은 죄를 지었고,
　이전 소돔 마을이 지은 죄보다도 많도다;
단번에 무너진 그 곳엔, 저들을
　다시 괴롭힐 손들이 저들 가운데 남아 있지 않도다.

하지만 지금까지 수도자는
　눈보다 더 깨끗하였고, 우유도 그보다 희지 못했도다;
홍옥이 그 순수한 몸을 빛나게 하는 것처럼,
　저들의 모든 윤택이 사파이어와 같았도다.

저들은 검정보다 더 검어서, 아무도 알아보지 못한다
　저들의 얼굴을, 저들이 거리를 지나가도,
이제 저들은 피골이 상접하여,
　쇠약해졌으니, 마른 나무같이 되었도다.

Better by sword than famine 'tis to die;

   And better through pierced, than by penury.

Women by nature pitiful, have eat

   Their children dressed with their own hands for meat.

Jehovah here fully accomplished hath

   His indignation, and poured forth his wrath,

Kindled a fire in Sion, which hath power

   To eat, and her foundations to devour.

Nor would the kings of the earth, nor all which live

   In the inhabitable world believe,

That any adversary, any foe

   Into Jerusalem should enter so.

For the priests' sins, and prophets', which have shed

   Blood in the streets, and the just murdered:

Which when those men, whom they made blind, did stray

   Thorough the streets, defiled by the way

   With blood, the which impossible it was

기근보다 칼에 죽는 게 낫도다;
  찔리는 것이 가난보다 낫도다.
천성적으로 연민이 많은 여인들이, 먹었도다
  저들의 아이들을 제 손으로 요리하여 음식으로.

여호와는 예서 완전히 발하셨도다
  그의 분노를, 또한 그의 진노를 쏟아내시고,
시온에 불을 붙이사, 그 불은
  그 기초를 삼키고, 사르는 힘을 가졌도다.

지상의 왕들이나, 사람 사는 세상에
  살고 있는 모든 백성들은 믿지 못했으리,
어떤 대적도, 어떤 원수도
  예루살렘 안으로 그렇게 들어갈 줄을.

사제들의 죄와 선지자들의 죄 때문에, 거리에서
  피 흘리고, 의인들이 살해되었다:
이 사람들은, 저들이 눈멀게 하고, 거리를
  방황하게 할 때, 그 길은

피로 더럽혀지고, 불가능했도다

Their garment should 'scape touching, as they pass,
Would cry aloud, 'Depart defiled men,
   Depart, depart, and touch us not': and then

They fled, and strayed, and with the Gentiles were,
   Yet told their friends, they should not long dwell there;
For this they are scattered by Jehovah's face
   Who never will regard them more; no grace

Unto their old men shall the foe afford,
   Nor, that they are priests, redeem them from the sword.
And we as yet, for all these miseries
   Desiring our vain help, consume our eyes:

And such a nation as cannot save,
   We in desire and speculation have.
They hunt our steps, that in the streets we fear
   To go: our end is now approached near,

Our days accomplished are, this the last day.
   Eagles of heaven are not so swift as they

저들의 옷을 만지는 것은, 저들이 지나갈 때,
크게 외쳤도다, '가라 부정한 자들이여,
　가라, 가라, 우리를 만지지 말라': 그리고는

저들은 도망했고, 길을 잃고, 이방인들과 함께 했으나,
　저들의 친구들이, 그 곳에 오래 거주하면 안 된다고 말했도다;
이는 저들이 여호와의 면전에서 흩어졌고
　저들을 결코 더는 권고치 않으시리니; 어떤 은총도

저들 장로들 위에 내리지 않아 적을 감당치 못하리니,
　저들이 사제일지라도, 저들을 검에서 구하지 못하리라.
그러나 우리는, 이 모든 참상에도
　우리의 헛된 도움을 갈망하며, 우리 눈을 상하도다:

또한 구원될 수 없는 그런 나라를,
　우리는 갈망하고 생각하도다.
저들이 우리 발자국을 뒤쫓고, 우리는 거리로 나가기를
　두려워하니: 우리의 종말이 이제 다가왔도다,

우리의 날들이 이 마지막 날에 이르렀도다.
　하늘의 독수리들도 우리를 쫓는 저들만큼

Which follow us, o'er mountain tops they fly
 At us, and for us in the desert lie.

The anointed Lord, breath of our nostrils, he
 Of whom we said, 'under his shadow, we
Shall with more ease under the heathen dwell,'
 Into the pit which these men digged, fell.

Rejoice O Edom's daughter, joyful be
 Thou that inhabit'st Huz, for unto thee
This cup shall pass, and thou with drunkenness
 Shalt fill thyself, and show thy nakedness.

And then thy sins O Sion, shall be spent,
 The Lord will not leave thee in banishment.
Thy sins, O Edom's daughter, he will see,
 And for them, pay thee with captivity.

빠르지 못하도다, 산꼭대기 위에서
　우리에게 날아오며, 황야에서 우리를 기다리도다.

기름부음 받으신 주님, 우리들의 콧김, 주를
　우리가 이르기를, '주의 그늘 아래서, 우리는
더 평안히 이교도들 아래 거하리라.'
　저들이 판 함정에 빠졌도다.

에돔의 딸아 기뻐하라, 즐거워하라
　우즈 땅에 거주하는 그대여, 그대에게도
이 잔이 이를지니, 그대는 취하여
　자신을 채우고, 벌거벗은 몸을 보이리라.

또한 오 시온아, 그대의 죄는 다할지니,
　주께서 그대를 추방한 채 버려 두지 않으리라.
그대의 죄는, 에돔의 딸이여, 주께서 보시고,
　그대 속박의 대가를 저들에게 지불하시리라.

CHAPTER V

Remember, O Lord, what is fallen on us;
   See, and mark how we are reproached thus,
For unto strangers our possession
   Is turned, our houses unto aliens gone,

Our mothers are become as widows, we
   As orphans all, and without fathers be;
Waters which are our own, we drink, and pay,
   And upon our own wood a price they lay.

Our persecutors on our necks do sit,
   They make us travail, and not intermit,
We stretch our hands unto th' Egyptians
   To get us bread; and to the Assyrians.

Our fathers did these sins, and are no more,
   But we do bear the sins they did before.
They are but servants, which do rule us thus,
   Yet from their hands none would deliver us.

제5장

기억하소서, 오 주여, 우리에게 과해진 것을;
　보시고, 주목하소서 어찌 우리가 이토록 치욕을 당했는지를,
이방인들에게 우리 재산이
　돌아가고, 우리 집들도 외인들에게 돌아갔나이다,

우리 어머니들은 과부가 되었고, 우리는
　모두 고아가 되어, 아버지 없이 되었습니다;
우리 소유의 물을, 우리가 마시고, 돈을 내며,
　우리 자신의 나무에 저들이 값을 매깁니다.

우리 박해자들이 우리 목 위에 앉아 있고,
　저들이 우리에게 노역시키고, 쉬지 못하게 하니,
우리는 애굽인들에게 우리 손을 내밉니다
　빵을 얻으려고; 또한 아시리아인들에게도.

우리 조상들은 이런 죄를 지었고, 없어졌지만,
　우리가 저들이 전에 지은 죄를 떠맡고 있습니다.
저들은 종들에 불과하나, 우리를 이렇게 지배하나이다,
　그럼에도 저들의 손에서 아무도 우리를 구원하지 못합니다.

With danger of our life our bread we gat;

    For in the wilderness, the sword did wait.

The tempests of this famine we lived in,

    Black as an oven coloured had our skin:

In Judah's cities they the maids abused

    By force, and so women in Sion used.

The princes with their hands they hung; no grace

    Nor honour gave they to the Elder's face.

Unto the mill our young men carried are,

    And children fall under the wood they bear.

Elders, the gates; youth did their songs forbear,

    Gone was our joy; our dancings, mournings were.

Now is the crown fall'n from our head; and woe

    Be unto us, because we'have sinned so.

For this our hearts do languish, and for this

    Over our eyes a cloudy dimness is.

생명의 위험을 무릅쓰고 우리는 양식을 얻나이다;
　광야에는 칼이 기다리고 있으므로.
이런 기근의 폭풍 속에서 우리는 살았나이다,
　우리 피부는 아궁이처럼 검게 물들었습니다:

유다의 성읍에서 저들이 처녀들을 욕보였나이다
　강제로, 또한 시온에서 부녀들이 이용당했나이다.
왕자들을 저들의 손이 목매달았습니다; 아무런 은총도
　명예도 장로들의 체면을 보아 주지 않았습니다.

방앗간으로 우리 젊은이들이 이끌려 가고,
　또한 어린애들은 저들이 지는 나무 밑에 넘어집니다.
장로들에겐, 성문이 금지되고, 청년들에겐 노래가 금지되어,
　우리 기쁨은 사라졌고; 우리 춤은 애도가 되었습니다.

이제 우리 머리에서 면류관이 떨어졌고; 비통이
　우리에게 임했습니다, 우리가 그렇게 죄지었기 때문입니다.
이로 인해 우리 마음이 피곤하고, 또 이로 인해
　우리 눈이 구름 낀 듯 침침합니다.

Because Mount Sion desolate doth lie,
    And foxes there do go at liberty:
But thou O Lord art ever, and thy throne
    From generation, to generation.

Why shouldst thou forget us eternally?
    Or leave us thus long in this misery?
Restore us Lord to thee, that so we may
    Return, and as of old, renew our day.

For oughtest thou, O Lord, despise us thus,
    And to be utterly enraged at us?

시온 산이 황폐하게 누워 있기에,
　그 곳에서 여우들이 마음대로 다닙니다:
그러나 오 주여 당신은 영원히 계시며, 당신의 보좌는
　세세에 미치나이다.

어찌 당신은 우리를 영원히 잊으셔야 합니까?
　아니 우리를 이 고통 속에 이렇게 오래 두셔야 합니까?
주여 우리를 당신께로 돌이키소서, 우리가
　돌아갈 수 있도록, 또한 옛날처럼, 우리의 날을 새롭게 하소서.

오 주여, 당신은 우리를 이토록 경멸하셔야 하나이까,
　또한 우리에게 철저히 진노하셔야 하나이까?

Hymn to God my God, in my Sickness

Since I am coming to that holy room,
   Where, with thy choir of saints for evermore,
I shall be made thy music; as I come
    I tune the instrument here at the door,
    And what I must do then, think here before.

Whilst my physicians by their love are grown
   Cosmographers, and I their map, who lie
Flat on this bed, that by them may be shown
    That this is my south-west discovery

병상에서 하느님, 나의 하느님께 바치는 성가[1]

제가 그 성스러운 곳[2]으로 가고 있기에,

   그 곳에서, 당신의 성자들의 합창대와 영원히,

저는 당신의 음악을 만들 것입니다; 제가 도착할 때

   저는 이 곳 문 앞에서 악기[3]를 연주합니다,

   그리고 그 때 제가 해야 할 것을, 여기서 미리 생각합니다.

제 의사들은 그들의 사랑으로 천체학자들이[4]

   되고, 그리고 저는 그들의 지도[5]가 되어, 이 침대 위에

반듯이 누워서, 그들에 의해 보여질 것입니다

   이것이 저의 남서쪽 발견항로임을[6]

---

1 1635년 처음 출판된 시로서, 월튼(Walton)은 이 시를 『존 던의 전기』에 인용하면서 (1640), 던은 이 시를 죽음에 임하여 썼다고 말하고 있다. 후에 시가 쓰여진 날짜를 1631년 3월 23 일, 즉 죽기 8일 전에 쓴 것으로 첨가하였다. 그러나 판사 줄리어스 씨저 경(Sir Julius Caesar, 1636년 타계함)은 이 시의 사본에 던이 '1623년 12월 심한 병고에 시달릴 때' 쓴 것이라고 적고 있다. 현대작가들 간에 주장이 엇갈리고 있으며, 월튼과 그리어슨(Grierson)은 1631년 을, 헬렌 가드너(Helen Gardner)와 알씨 볼드(R. C. Bald)는 1623년을 각각 주장하고 있다.
2 천당.
3 이 시를 쓰는 데 음을 맞추는 시적 능력(Smith 664).
4 생명이 떠난 시인의 육체를 의사들이 정성스럽게 관리함으로써, 마치 천체나 지구의 모양 을 만드는 천체 지리학자들처럼 시인의 육체를 한 장의 지도로 비유해서 창조를 통하여 죽 음에서 부활로 이르는 길을 암시하고 있다.
5 시인은 문예부흥기의 지리학적 지식을 이용하면서 인간을 소우주로 생각할 때 전세계의 지 도가 된다는 비유법을 사용하고 있다.
6 남쪽은 열대지역이나 자신의 열병을 의미하고, 서쪽은 해가 지는 지역을 의미하며, 시인은 열병으로 인한 그의 죽음이 새로운 세계로 가는 항로의 발견으로 보고 있다(Smith 665).

Per fretum febris, by these straits to die,

I joy, that in these straits, I see my west;
   For, though those currents yield return to none,
What shall my west hurt me? As west and east
    In all flat maps (and I am one) are one,
    So death doth touch the resurrection.

Is the Pacific Sea my home? Or are
    The eastern riches? Is Jerusalem?
Anyan, and Magellan, and Gibraltar,
    All straits, and none but straits, are ways to them,

열병해협[7]을 통하여, 죽음에 이르는 해협[8]을 지나는,

저는 기뻐합니다, 이들 해협에서, 저의 서쪽[9]을 보게 됨을;
　왜냐하면, 그들 조류가 아무 데로도 되돌아가지 않지만,
저의 서쪽이 저를 해칠 것이 무엇이겠습니까? 서쪽과 동쪽이
　모든 평면 지도에서 (또한 저도 하나이고) 하나이듯이,[10]
　그렇게 죽음도 부활과 맞닿아 있습니다.

태평양이 저의 집인가요? 아니면
　동방의 부자 나라들인가요? 예루살렘인가요?[11]
베링해협, 마젤란해협, 지브랄타해협,
　모든 해협들, 오직 해협들만이, 그들에게 이르는 길입니다.[12]

---

7 라틴어 표기로서 '열병의 해협을 통하여'라는 뜻.
8 해협은 좁은 수로를 뜻하므로, "좁은 문으로 들어가라 멸망으로 인도하는 문은 좁고 그 길이 협착하여 찾는 이가 적음이니라"(마태복음 7장 13~14절)는 성경구절처럼, 고통과 난관을 의미한다.
9 죽음, 또는 궁극의 목적지.
10 우리의 서쪽은 죽음이고 우리의 동쪽은 그리스도이다; 그러므로 죽음은 단지 부활의 전주이며, 따라서 우리의 종말은 우리의 시작이다. (「수태 고지와 수난이 겹쳐진 1608년 어느 날에」 참조)(Smith 665). 평면 지도를 지구본에 붙여 놓으면 서쪽과 동쪽은 똑같은 하나이다(동쪽에서 가장 먼 서쪽은 곧 동쪽이 된다).
11 천상의 평화와 환희를 표상하는 지리적 은유; 어떤 중세인들은 지상낙원이 남태평양지역이라 생각했고, 더러는 극동지역이라 생각했다. 던의 동시대인들은 예루살렘이라고 생각했다. '집'('home')이란 최종의 목적지를 뜻한다.
12 'Anyan'은 지금의 베링해협을 가리키고, 당시에는 해협을 통과하지 않고는 태평양이나 동방 또는 예루살렘에 도달할 수 없다고 생각했다.

Whether where Japhet dwelt, or Cham, or Shem.

We think that Paradise and Calvary,
   Christ's Cross and Adam's tree, stood in one place;
Look Lord, and find both Adams met in me;
   As the first Adam's sweat surrounds my face,
   May the last Adam's blood my soul embrace.

So, in his purple wrapped, receive me Lord,
   By these his thorns give me his other crown;
And as to others' souls I preached thy word,
   Be this my text, my sermon to mine own,
   Therefore that he may raise, the Lord throws down.

야벳이 살았던, 혹은 햄이나, 셈이 살았던 곳이던지 간에.[13]

우리는 생각합니다 낙원과 갈보리 언덕과,
   그리스도의 십자가, 그리고 아담의 나무가 한 곳에 있었다고;[14]
보소서 주여, 그러면 두 아담들이[15] 제 속에서 만났음을 아시리이다;
   최초의 아담의 땀이 제 얼굴을 덮을 때,
   최후의 아담의 피가 제 영혼을 감싸게 하소서.

그리하여, 그 자주색[16] 성의를 두르고 저를 받아 주소서 주여,
   그분의 가시 면류관으로 인해, 그분의 또 다른 왕관을[17] 제게 주소서;
그리고 다른 이들의 영혼에게 제가 당신의 말씀을 설교했듯이,
   이 말씀이[18] 저의 교본이고, 제 영혼에게 제 설교가 되게 하소서,
   그러므로 그분이 일으킬 수 있도록 주께서 내던지시나이다.[19]

---

13 노아의 세 아들; 대홍수 이후에 세계는 이 세 아들들에 의해 분리되었고 야벳은 유럽, 햄은
아프리카, 셈은 아시아로 갈라졌다.
14 에덴 동산에 있었던 선악을 구별하는 지식의 나무는 예수가 십자가에 못박힌 곳, 갈보리
언덕 골고다에 서 있었다고 생각되었다.
15 최초의 아담은 우리에게 죄와 죽음을 가져왔고, 최후의 아담은 그리스도로 속죄와 부활을
가져왔다.
16 (a) 그리스도의 구원의 피.
   (b) 십자가에 못박히기 전에 그리스도에게 입힌 홍포(요한복음 19장 2절).
17 생명의 면류관(요한계시록 2장 10절).
18 다음에 오는 마지막 시구절을 말함.
19 우리를 다시 살리기 위하여, 주께서 우리를 죽도록 하신다.

A Hymn to God the Father

Wilt thou forgive that sin where I begun,
  Which was my sin, though it were done before?
Wilt thou forgive that sin, through which I run,
  And do run still: though still I do deplore?
    When thou hast done, thou hast not done,
      For, I have more.

Wilt thou forgive that sin which I have won
  Others to sin? and, made my sin their door?
Wilt thou forgive that sin which I did shun
  A year, or two: but wallowed in, a score?
    When thou hast done, thou hast not done,
      For I have more.

I have a sin of fear, that when I have spun

하느님 아버지께 바치는 성가[1]

당신은 그 죄를 용서하시겠습니까, 제가 처음 시작한 것,[2]
  그것은 저의 죄입니다, 비록 이전에 저질러졌지만?
당신은 그 죄를 용서하시겠습니까, 그 속을 제가 달리고,
  그리고 항상 달립니다, 항상 뉘우치지만?
    당신께서 용서하시면, 당신께서 용서 안 하신 것입니다,[3]
      제가 더 갖고 있는 까닭입니다.

당신은 그 죄를 용서하시겠습니까 제가 다른 이들을 설득하며
  죄짓게 한 죄? 그리고 제 죄를 그들의 문으로 만들었으니?
당신은 그 죄를 용서하시겠습니까 제가 피하기를
  일, 이 년: 그러나 이십 년 동안 탐닉했던 죄를?
    당신께서 용서하시면, 당신께서는 용서 안 하신 것입니다,
      제가 더 갖고 있는 까닭입니다.

저는 공포의 죄마저 지닙니다. 제가 저의 최후의 실을[4]

---

1 월튼은 『존 던의 전기』(1640)에서 이 시는 1623년 시인이 심한 병고에 시달리던 때에 쓰여
  졌다고 말한다. 1658년 월튼은 보충된 전기에서 던 자신이 이 시에 곡조를 붙였다고 한다.
2 원죄의 근원은 비록 지나간 일이라고 하지만 시인이 그 죄와 함께 태어났음을 의미한다.
3 (a) 아직 용서를 다하신 것이 아니다('Thou hast not done.').
  (b) 던(Donne)의 이름과 동음이의어로 사용해서 아직 주께서 시인을 소유하지 못했다는
    의미; 결국에 가서는 마침내 시인을 소유했다('thou hast done')고 끝맺는다(Smith
    667).
4 생명의 마지막 실을 짜는 것을 마쳤을 때.

My last thread, I shall perish on the shore;

But swear by thy self, that at my death thy son

Shall shine as he shines now, and heretofore;

And, having done that, thou hast done,

I fear no more.

뽑았을 때, 저는 땅 위에서 멸망할 것입니다;[5]

당신 자신에 걸어 맹세하소서, 제가 죽으면 당신의 아들은[6]

지금 비추듯이 비출 것이고, 앞으로도 비추리라는 것을;

그리고, 그렇게 맹세함으로써, 당신은 행하신 것입니다,[7]

저는 더 이상 두렵지 않습니다.

---

5 지상에서의 삶이 끝난다(죽음).
6 당신의 태양(thy sun)은 곧 하느님의 아들(thy son); 그 사랑의 빛은 시인을 죄의 어둠에서
  밝음으로 인도한다.
7 '당신은 던(Donne)을 소유하신 것입니다'(용서하신 것입니다).

　존 던은 1572년 런던의 천주교 가정에서 태어났다. 그의 아버지는 부유한 철물 상인이었으나 던이 4살 때 사망했다. 어머니는 엘리자베스 시대의 극작가였던 존 헤이우드(John Heywood)의 딸이었고, 순교한 성 토마스 모어(Sir Thomas More)의 여동생의 증손녀였다. 그의 두 삼촌들은 예수회 신부(Jesuit Priests)였다. 던은 10세까지 가정교사에게서 교육을 받다가 1584년부터 옥스퍼드 대학에서 공부했고, 또 한동안 캠브리지에서도 수학했으나 카톨릭 교도로서 영국 국교에 충성을 서약할 수 없었으므로 학위 없이 대학을 떠났다.

　그는 곧 유럽 대륙을 여행했고, 런던에 돌아와서는 테이비스 인(Thavies Inn)과 링컨스 인(Lincoln's Inn)에서 법률을 공부했다. 이 때가 1590년대로 그의 초기시의 몇 편들이 증명해 주듯이 잠시 종교적 회의에 빠진 듯, 잠정적으로 카톨릭 신앙을 포기하고 자유 사상을 누리는 자세를 취했다. 그는 신교와 구교의 상반된 주장을 이해하고 자신을 만족시키기 위해 신학을 공부했다(Bald 67). 이 무렵부터 던이 오늘날까지 명성을 얻고 있는 『연가』(The Songs and Sonnets)를 시작했을 것으로 추측되며, 20여 년의 세월을 두고 중년(40세 경)에 이르기까지 쓴 것을 모아 그가 죽은 후 1633년 출판된 것으로 알려졌다. 1611년 부인 앤 모어(Ann More)와 떨어져 대륙여행을 할 때 쓰여졌을 것으로 짐작되는 「고별사」('A Valediction: Forbidding Mourning')가 이를 뒷받침해 준다. 풍자시(satires)와 애가(elegies)도 이때 쓰여졌다.

　1593년 그의 동생 헨리(Henry)가 카톨릭 신부를 은닉시켜 주었다 해서 뉴 게이트 감옥에 투옥되었고 곧 병들어 옥사하는 비극이 생겼다. 종교적 갈등이 곧 정치적 논쟁이었던 시대에 던은 구교도와 신교도의 잔인하고 무모한 희생을 지켜봐야 했다. 『연가』에 나타난 배반과 부정의 테마는 던이 사랑에 관한 사적인 생각이라기보다는 시대적이고 종교적인 변화와 함께 생각하고 의문하고 변화하는 인간을 표현한 것으로 보아야 할 것이다.

1596년 던은 스페인 보물함대를 추적하는 카디즈 원정(Cadiz Expedition)과 이듬해 아조레스 원정(Azores Expedition)에 나섰다. 이때의 경험은 던의 초기시 「폭풍」('The Storm')과 「정적」('The Calme')에 반영되어 있다. 원정에 동참했던 동료 토마스 에거튼 2세(Thomas Egerton Jr.)는 후에 최고 관직에 있던 그의 부친, 당시 국새 상서이고 황실 출납장관(Keeper of the Great Seal and Lord High Chancellor)이었던 에거튼 경에게 던을 소개하였고, 1598년 던은 에거튼 경의 비서가 되었다. 그러나 던은 뜻하지 않게 그의 조카딸 앤 모어와 사랑에 빠져 1601년 비밀리에 결혼하게 되었다. 이때 앤은 17세, 던은 29세였다.

낭만적이나 분별 없어 보이는 이들의 결혼은 신부의 아버지인 조지 모어 경(Sir George More)의 승낙 없이 한 결혼이어서 관습법과 교회법 모두를 어긴 셈이 되었다. 결국 장인에게 발각된 던은 잠시 동안 투옥되었고 관직에서도 파면되었다. 면직은 곧 그들에게 재정의 몰락을 의미했으므로 던은 그의 아내에게 쓴 편지에서, '존 던과 앤 던이 망했구나'('John Donne, Ann Donne, undone.')라고 탄식했다(Winny 21).

이후로 던은 시골에서 부인과 친척들과 함께 살면서 궁색한 생활을 하는 가운데 후원자를 찾았다. 조지 허버트(George Herbert)의 어머니인 맥덜린

허버트(Magdalen Herbert)와의 우정과 루시 베드포드(Lucy Bedford) 백작 부인의 후원은 이 무렵에 이루어졌다. 작품으로는 자살을 변호하는 「횡사」(橫死, 'Biathanados'), 카톨릭도 국교에 충성을 서약해야 한다는 「의사 순교자」('The Pseudo-Martyr'), 「신성에 관한 수상록」('Essays in Divinity') 등을 썼다. 이때 던은 옥스퍼드 대학에서 명예학위(MA)를 받았다.

던은 든든한 후원자가 되었던 로버트 드루리 경(Sir Robert Drury)을 위하여, 던은 살아서 한 번도 본 적이 없는 드루리의 외동딸 엘리자베스의 죽음을 애도하는 비가(*The Anniversaries: 'Anatomy of the World,' and 'Of the Progress of the Soul'*)를 썼다. 『첫 번째 비가』(*Anatomy of the World: The First Anniversary*)는 1611년에 출판되었고, 이것이 던의 시가 최초로 출판된 것이었다. 던은 그의 가족과 함께 런던의 드루리 가(街)에 있는 후견인의 집에서 살 수 있었고, 1611년 드루리와 동행하여 대륙여행도 하게 되었다.

던의 생애에 큰 변화를 주었던 중대한 사건은 예기치 않게 비밀리에 치른 앤 모어와의 결혼과 천주교의 신념을 접고 성공회 신부가 되었던 일일 것이다. 젊은 시절 에거튼 경의 비서가 되었을 당시에는 공직 생활에 대한 야망을 품었을 것이나, 17세 어린 소녀와 사랑의 도주를 감행함으로써 대망의 꿈을 접어야 했을 것이다. 더구나 결혼 후 거의 매해 불어나는 아이들은 던에게는 경제적 어려움을, 부인 앤에게는 건강을 유지하는 데 부담을 주었다. 또한 질병과 사산으로 자식들을 잃어버리는 슬픔을 겪어야 했다.

천주교 가정에서 태어났고 왕권이 종교를 지배하는 것에 항거하다가 순교한 영국 르네상스 시대의 인물 토마스 모어 경의 자손이기도 했던 던이 종교를 바꾸는 것은 신념을 배반하는 고통이었을 것이다. 당시에는 구교도들이 박해를 받던 시절이었고 관직에 오르기는 더더욱 어려웠다. 『거룩한 시편』은 이러한 던의 종교적 갈등을 반영해 주고 있다. 그의 마음 속 깊숙이 자리하고 있는 죄의식은 구체적으로 무엇인지 나타내 주지는 않는다. 「거룩한 소넷」은 근본적으로 던의 젊은 날의 『연가』(*Songs and Sonnets*)에서처럼 자신과의 끈질긴 '논쟁'이다. 그러나 던의 종교시에서 '논쟁'의 결말은 '구원의 요청'이다.

  그럼에도 던은 다시 관직에 오르기를 희망했으나 이루어지지 않았다. 그동안 제임스 왕의 사제였던 토마스 모튼(Thomas Morton)과 일하면서 국교 기피자들을 개종하도록 종용하는 가운데, 1615년 성공회 신부로 임명되었다. 그런데 1617년 던은 그의 부인 앤이 열두 번째 아기를 사산하면서 33세로 요절하는 최대의 슬픔을 겪게 되었다. 일곱 명의 살아남은 아이들과 생활하면서 1621년 그는 성 바울 성당(St. Paul's)의 수석 사제가 되었다. 생애 후기에는 대부분 종교시('Divine Poems' and 'Holy Sonnets')와 유명한 설교문을 남겼다. 「설교문」('Devotions upon Emergent Ocasions,' 1623)에는 "인간은 외딴 섬이 아니다"("No man is an island.") 또는 "누구를 위하여 좋은 울리나를 묻지 마라"("Ask not for whom the bell tolls")와 같은 잘 알려진 구절들이 있다.

  오랫동안 병상에 있었던 던은 1631년, 그의 유명한 「죽음의 결투」('Death's Duel')를 설교하고 얼마 안 되어 별세했다.

참고문헌

김선향, 『존 던의 연가: 그 사랑의 해법』. 서울: 한신문화사, 1998.

Bald, R. C. *John Donne: A Life*, New York: Oxford UP, 1970.

Carey, John ed. *John Donne*, Oxford: Oxford UP, 1990.

_____. *John Donne: Life, Mind and Art*, London: Faber and Faber, 1990.

Clements, Arthur. L. ed. *John Donne's Poetry*, New York: W. W. Norton, 1992.

Frontain, Raymond-Jean and Malpezzi, Frances M. eds. *John Donne's Religious Imagination Essays in Honor of John T. Shawcross*, Conway, AR: UCA, 1995.

Grierson, Herbert ed. *Donne: Poetical Works*, London: Oxford UP, 1977.

_____ ed. *The Poems of John Donne*, Oxford: Oxford UP, 1968.

Partridge, A. C. *John Donne: Language and Style*, London: Andre Deutsch, 1978.

Smith, A. J. ed. *John Donne: The Complete English Poems*, New York: Penguim, 1971.

Winny, James. *A Preface to Donne*, London : Longman. 1990